ANDRÉ
GIDE

人间食粮

LES
NOURRITURES
TERRESTRES

[法]安德烈·纪德 —— 著　陈阳 —— 译

云南人民出版社

果麦文化 出品

导读

安德烈·纪德,1869年11月22日出生于巴黎,在法国北部省份诺曼底长大,十一岁时失去父亲,受到笃信宗教的母亲的严格管教。

孤独的童年造就了纪德叛逆矛盾的气质。在纪德的一生中,他游历了阿尔及利亚、意大利、希腊、土耳其、乍得、刚果、苏联等国家。

1947年,纪德获得诺贝尔文学奖。

纪德是一位多产的作家,但他将自己经历的一切都融入了《人间食粮》。纪德曾说过,这是一本"读完就可以丢掉"的书。

《人间食粮》究竟在说什么?既然有人间大地的食

粮，那有没有天上的食粮？其实，纪德在书里已经做出了明确的回答。

纪德说，这是一本关于逃避和解脱的书，文学应该赤脚站在大地上，感受泥土的气息。

人间的食粮，其实就是欲望，来自生命最深处，真实，冲动，不受拘束，不计后果。

在这本书里，没有社会，没有制度，没有禁忌，甚至没有人物，只有纯粹的生命体验：繁花和鲜果，晨露和暮霭，湍流和大海，阳光和清风。信马由缰，毫无掩饰。

或许，这就是本书的魅力所在，让我们放下所有的拘束，面对内心最隐秘真实的自我。

天上的食粮，是宗教，是纯粹的精神世界；人间的食粮，是欲望，是纯粹的感官世界。

宗教与欲望，精神与感官，始终是纪德创作中的矛盾，相互对立也相互依存。纪德没有贬低其中的任何一方，因为二者都是值得尊重的真实，就像白天与黑夜一样，构成了人性的平衡。

《人间食粮》，就是一部以"感受生命"为主题的散文诗。

最难读的是第一章,没有背景,没有叙事。纪德以一种近乎梦中呓语的口吻,语焉不详地描述了种种场景和心绪,很容易让读者云里雾里,不知所云。第一卷开篇,表面上是对纳桑奈尔倾诉衷肠,其实是借此开宗明义,为全书营造氛围,以"激越的热情"奠定了全书的基调。忘记所有的知识,经历长久的睡眠,顺其自然地静静等待……只有这样,才能倾听自己的心声,才能感受到生命的鲜活本质。

第二章,人世间最美的事物,最能让人清晰感觉到生命鲜活的本质之事物,就是饥饿感。因为饥饿,食物对我们才有了意义;因为欲望,万事万物才会在我们眼中焕发出璀璨的光芒。纪德想要告诉我们的,是一个再简单不过的道理:万物皆有时,活在当下,享受每一个瞬间。

第三章,内容开始变得具象,我们可以跟随纪德的脚步,逐一游览千姿百态的花园——繁花似锦,让人眼前一亮。人生一世,恰似花开花落。

第四章,朋友们在夜晚相聚。梅纳克讲述了自己的生活。他走过的路,也是"我"和纳桑奈尔即将要走的路。

朋友们唱起歌谣，谈论着爱情，尽兴欢聚之后睡去，只有孤独的行者默默起身，准备再度出发。

第五章，写沿途所经之处，乡野，农场。然而我们并没有从中看到惯常印象中的田园风情，因为其中浸透了行者自身的意识和记忆。

第六章，作者呼唤着古希腊神话中视力过人的英雄林叩斯，讲述欲望之旅中看似不起眼的琐事：路过无数眼泉水，睡过无数张床榻，走过很多城市和咖啡馆……之所以对这一切如数家珍，是因为对生命的热爱。

第七章，写非洲的沙漠和清泉，充满异域风情的画面接连展现在读者面前。烈日下的沙漠，就像一颗滚烫跳动的心。

第八章，对前七章进行了回顾和升华，最终将目光转向了外面的世界，转向他人的生活。

这就是人间食粮的脉络，形散神不散。乍看之下让人莫名其妙的文字，实则有着清晰的内在逻辑。

梅纳克、纳桑奈尔……何许人也？

是你，也是我。他们不是某一个人，而是某一类人。

梅纳克，纳桑奈尔，书中出现了无数次的名字，也是被作者呼唤最多次的人，但他们不是人物，没有形象，只是作者臆想中的符号。

梅纳克，"我"，纳桑奈尔，这三个人构成了一个轮回：

梅纳克唤醒"我"的流浪之心，点燃了"我"心中的火苗，然后独自离开；现在"我"也与当初的梅纳克一样，点燃了纳桑奈尔的火种，等待着他长出翅膀，然后看着他飞向辽阔原野。

他们代表着一种精神上的传承，相扶相携，走进无涯荒野，走向生活的无数种可能。

生活有无数种可能，书中描绘的只是其中一种。

所以纪德说，读完这本书，请丢下它，然后出发。去过属于自己的一生，追随自己的内心，按自己的意愿度过一生。

读万卷书，行万里路。读万卷书的纪德，最终却选择了忘却所有的知识，因为过多的知识反而会禁锢思想；行万里路的纪德，最终还是回到了故园，因为漫漫旅途让他明白，走到哪里都逃离不了这个世界——我们终将面对日复一日的生活。

陈阳

目录

001 序言

009 篇章一　破茧重生

031 篇章二　万物有时

047 篇章三　异域花园

063 篇章四　夜宴行吟

101 篇章五　人间大地

123 篇章六　欲望之旅

147 篇章七　沙漠清泉

171 篇章八　无眠之夜

185 颂歌

189 尾声

序言

这就是我们在人间大地的食粮。
　　——《古兰经》第二章，第23节。

　　关于我为这本书所起的书名，纳桑奈尔，请你别误会。我原本也可以将它命名为"梅纳克"，然而梅纳克从来都没有存在过，就像你一样。唯一有可能印在封面上的真实人名，就是我自己的名字。但是身为作者，我怎么敢用自己的名字作为书名呢？

　　我毫无顾忌、毫不腼腆地投身于本书的创作当中。有时我在书中谈到自己从未见过的国度、从未闻到过的香气和从未亲身践行过的活动——或者谈到你，我的纳桑奈尔。我还从未遇见过的你——这样侃侃而谈并不是虚伪。

与纳桑奈尔这个名字相比,我所写到的这些事物并不算是更过分的虚构。纳桑奈尔,我就这样称呼你。你将要阅读我的文字,我并不知道你在未来真正的名字。

当你读完这本书时请丢下它,然后出发。我希望这本书能够激起你动身出发的欲望——从随便什么地方出发,离开你所在的城市、你的家庭、你的卧室和你的思绪。不要把我的书带在身旁。假如我是梅纳克的话,我将会牵起你的右手为你引路,不过那样的话,你的左手还是会浑然不觉。我将紧紧牵着你的手,一旦我们远离城市,我会立刻放开,然后对你说:忘了我吧。

希望你是因为我的书而对自己产生了兴趣,继而对其他一切都有了更大的兴趣。

这是一本关于逃避和解脱的书。人们总是习惯性地认为这本书是在写我自己。借这次再版的机会,我想向新读者们说明我的某些看法,希望能更准确地说明本书的立场和写作动机,也希望诸位读者不要对本书太过重视。

第一,《人间食粮》这本书,就算不是出自一位病人之手,至少也是出自一位大病初愈的人之手。在抒发情感时，难免像险些丢掉性命的人热切想拥抱生命那样，表达得有些过分。

第二，我写作这本书时，正值矫揉造作之风在文坛大行其道，整个文学界万马齐喑。在我看来，当时迫切需要让文学更接地气，让它赤脚站在大地上，感受泥土的气息。

想知道这本书与当时的文学品味有多么格格不入，从它彻底的失败就可见一斑——没有一位评论家谈起过它。十年中这本书只卖出了五百本。

第三，写作这本书时，我刚结婚不久，婚姻让我的生活安定下来。我心甘情愿放弃了自由——我在这本堪称艺术品的书中极力宣扬的自由。毋庸置疑，在写作这本书时，我是绝对真诚的；在我的心灵做出背道而驰的选择时，也同样是真诚的。

第四，需要补充的是，我当初并不打算局限在这本书上。我在书中描绘了一种飘忽不定、无拘无束的状态，就像小说家创造笔下人物一样刻画这种状态的轮廓特点：人物与作者相像，但却是作者想象的产物。即使在今天看来，我在描绘这些特点时，也没有让它们与我割裂，或者换句话说，并没有让我与它们割裂。

第五，人们总是根据这部青年时期的作品来评价我，仿佛《人间食粮》中的伦理道德就是我一生所奉行的道理，仿佛我没有践行自己向年轻读者提出的忠告——"扔下这本书，然后离开我吧。"是的，我很快就听取了自己的忠告，抛下了那个写作《人间食粮》时的自己。现在，当我回首自己的人生，我发现这一生中占据主导地位的并不是反复无常，而是始终不渝。这种始终不渝的忠诚来自心灵和思想的深处，我认为这是极其罕见的。如果有人在临终之前看到自己规划的一切全部宣告完成，那么请大家告诉我他是何许人也，我也要成为这样的人。

第六，再多说一句：有些人在这本书中只能看到或者说只愿意看到对欲望和本能的歌颂。我认为这是一种相当短视的看法。对我而言，当我再次翻开这本书时，我看到更多的是对清心寡欲的赞颂。当我抛开其他一切的时候，我始终坚持这一点，只对这一点保持着不渝的忠诚。正如我后来所讲述的那样，也正是得益于这一点，我最后皈依了《福音书》的教义，在自我遗忘中寻找更完满的自我实现，满足最高级的需求，达到无穷尽的幸福。

"希望你是因为我的书而对自己产生了兴趣，继而对其他一切都有了更大的兴趣。"

你在《人间食粮》的前言和结尾中想必已经读到这样的话了,我为什么还要强调呢?

A.G.

篇章一

破茧重生

喜乐怠惰，潜眠于心，今朝自醒。

——哈菲兹（ظفاح，波斯诗人，1320—1389）

一

纳桑奈尔，不要试图去寻找神明。神无处不在。

每一样造物都有神的影子，但没有一样能揭示神的真容。

当我们的目光停留在某个造物上时，便已经背离了神。

当别人著书立说、勤奋工作时，我却逆潮而动，花费三年的时光，在旅途中忘记了所学的一切。清空头脑的过程缓慢而艰难，但却比世人向我头脑中灌输知识的过程更有裨益，它让我开始接触真正意义上的教育。

你永远不会明白，为了对生活产生兴趣，我们付出了多大的努力；然而一旦有了兴趣，我们便会像对待其他事物那样，满怀激情地投入其中。

我愉快地责罚自己的肉体，感觉到惩罚比过错本身带来更强烈的快感——我就是这样，为了自己不是单纯地犯罪而洋洋自得。

抛开所谓的优越感吧，那是精神最大的绊脚石。

人生道路的不确定性会折磨我们一辈子。我能对你说什么呢？仔细想来，所有选择都令人畏惧。自由也是可怕的，因为它没有任何义务的约束。就像在一个完全陌生的国度里，每个人都会探索出自己的道路，请注意，是只为自己而探索；即使是非洲大陆上最不为人知的一条偏僻小道也比这样的道路可靠得多……在这陌生的国度，阴凉的树影使我们着迷，海市蜃楼让我们看到尚未干涸的清泉……但泉水只在我们欲念所及的地方流淌，因为只有当我们走近这片土地时，它才真正存在，周围的景色随着我们前行的脚步逐渐展现；我们看不见地平线的尽头；即便是我们近旁也只有不断变幻的表象。

为什么要用比喻来描述如此严肃的话题？我们都相信自己能够发现神的踪迹。可惜可叹啊，我们在寻觅神的过程中，甚至不知道该向何方祷告。最后大家才终于明白：神无处不在，无所不在，但却寻而不见，于是便随意跪地叩拜。

无论你走到哪里，都只能遇见神明。梅纳克常说：神就在我们面前。

纳桑奈尔，你会在这一路上走走看看，但是不要在任何地方驻足。你要明白，唯有神才不是水月镜花的世事无常。

真正重要的是你的目光，而不是你眼前所见到的事物。

你所认识的一切事物，无论多么清晰和透彻，即使到世界末日也与你界限分明。为什么要执着于此呢？

欲望是有益的，满足欲望也是有益的——满足会让欲望更加强烈。实话告诉你吧，纳桑奈尔，与占有我所渴求的对象相比，欲望本身会让我更加满足——欲求的对象终不过是虚妄。

纳桑奈尔，我已经为太多美妙的事物耗尽了自己的爱。正是我熊熊燃烧的欲望让它们焕发出如此夺目的光彩。我乐此不疲。所有热切的激情对我而言都是在消耗爱，多么甜美的消耗。

我是异端中的异端，始终被离经叛道的观念、荒诞不经的思想和分歧深深吸引。只有与众不同的思想才能引起我的兴趣。我成功地革除了自己的同情心，我觉得同情只不过是对平庸情感的认同罢了。

不要同情心，纳桑奈尔，要爱。

去行动吧，不要评价行为是好还是坏。去爱吧，不要担心是劫还是缘。

纳桑奈尔，我要让你明白，什么是激越的热情。

去经历悲怆的一生吧，纳桑奈尔，不要平静如水。除了死后的长眠之外，我不想要任何其他休憩。我害怕所有那些在活着时不曾满足的欲望和未及消耗的精力会在我死后继续折磨着我。我希望能在世间充分表达自己内心的所有渴望，然后心满意足，了无希望地死去。

不要同情，纳桑奈尔，要爱。你能够理解，对么，同情和爱不是一回事。有时候，我唯恐失去爱，才会对悲伤、烦恼和痛苦心生怜悯，否则我完全不会在意那些情绪。每个人的生活，还是各自珍重吧。

（今天谷仓里的磨盘转个不停，我根本没法写作。昨天我就看见了那座石磨，是用来打菜籽的。糠秕四处翻飞，菜籽洒落在地上。飞扬的尘土呛得人透不过气。推磨的是一个女人。两个赤脚的漂亮男孩在地上捡拾菜籽。

我流下了眼泪，因为再也无话可说。

我明白，当一个人无话可说的时候，不能就这样提笔开始写作。但我还是写了下去，并且还会写到同一主题下的不同事物。）

*

纳桑奈尔，我想要让你得到谁也不曾给你的快乐。我不知道该如何给你，然而我确实拥有这种快乐。我想要对你诉说过去从没有对任何人说过的心里话。我渴望在这样的夜晚来到你身旁，这时你正打开又合上一本本书籍，从中探求更多的启示；你还在等待；在这样的时刻，你热切的激情难以自持，慢慢冷却成了忧伤。我只为你写作；只为这样的时刻写作。我希望能写出一本让你看不到任何个人思想和情绪的书，你只能从这本书里读到自己激情的影子。我渴望靠近你,渴望你爱我。

忧郁,无非是爱而不得的热情。

所有生灵都可以赤身裸体,所有情绪都可以沸反盈天。
我的感情蔓延开来,仿佛一种宗教。你能够理解么:每一种感觉都成了无限大的存在。
纳桑奈尔,我要让你明白,什么是激越的热情。
我们的行动从属于我们本身,就像磷光来自磷。诚然,行动消耗着我们,但也让我们焕发出自身的光彩。
如果说我们的灵魂还有一些价值的话,那是因为它比别的灵魂更加炽烈地燃烧过。
沐浴在晨光中的广袤田野啊,我曾亲眼看见你的纯美;蔚蓝的湖泊啊,我曾在你的波光中摇荡——每一丝明媚清风的爱抚都让我微笑,这就是我不厌其烦地向你诉说的一切。纳桑奈尔,我要让你明白,什么是激越的热情。
如果我知道还有更美好的事物,我将会对你诉说——当然是最美好的事物,而不是别的。
梅纳克,你没有教给我智慧。不是智慧,而是爱。

*

纳桑奈尔，我对梅纳克的感情超出了友谊，但还不至于成为爱情。我像爱自己的兄弟那样爱着他。

梅纳克是个危险人物，你要小心他。他遭到智者的谴责，孩子们却并不害怕他。他教会孩子们不要只依赖自己的家庭，引领他们慢慢离开家庭；他激起孩子们心中的强烈欲望，让他们渴求酸涩的野果，追寻奇异的爱情。梅纳克啊，我真想再和你一起走更多的路。但是你痛恨软弱，所以想让我学会如何离开你。

每个人身上都充满了奇异的可能性。如果不是过去已经为现在划定了轨迹，那么当下完全可能通往无数种未来。但是，可惜啊，唯一的过去只能通向唯一的未来——未来像一束光线投射在我们面前，就像在时空中架起了一座看不到尽头的桥梁。

永远不要做自己无法理解的事情，这才是可靠的选择。理解，就意味着感觉自己可能做得到。尽可能肩负起人道的责任，这是一句金玉良言。

生命有许多种形式，所有形式在我看来都是美好的。（我现在对你说的这句话，正是梅纳克当年对我说过的。）

我真心希望自己能够亲身经历所有的激情和罪恶，至少能够助其一臂之力。我曾经有过各种各样的信仰。在某些夜晚，我甚至疯狂到几乎要信仰自己灵魂的地步，那时我真的感觉到灵魂就快要脱离自己的躯体了。这也是梅纳克告诉我的。

我们的生活就像玻璃杯里的冰水，高烧的病人焦渴难耐，将凝结着水珠的玻璃杯捧在手中，他将冰水一饮而尽，明知道应该等一等再慢慢喝下，但就是无法将玻璃杯从唇边移开。这水越是清凉，身体就越发滚烫。

二

我曾经多么畅快地呼吸着夜里的寒冷空气啊！窗户啊，淡薄的月色透过雾气，穿过你涌入房间里，仿佛潺潺溪水——可以捧起一汪月色畅饮。

窗户啊，不知道有多少次，我来到你面前，额头贴在窗玻璃上，想让自己清凉一下；不知道有多少次，我从令我焦灼的床榻上起身，跑到阳台上；当我静静仰望无垠的天空时，我的欲望便像轻雾一样消散得无影无踪。

往日的狂热对我的肉体造成了致命的损耗。但是，在心无旁骛地敬奉神明的时候，灵魂也同样会被消耗殆尽。

我的崇敬之情是一种骇人的执念，连我自己也为此觉得狼狈不堪。

你还要花费很长时间去寻找不可得的灵魂之幸福。梅纳克对我说。

最初那段令人困惑又心醉神迷的日子已经过去——在遇见梅纳克之前——那是一段焦虑等待的时期，仿佛穿越泥泞沼泽。我整日昏昏欲睡，无精打采，睡再多觉也无济于事。吃完饭，我倒头就睡；一直睡着，醒来的时候却觉得更加倦怠，精神也迟钝而麻木，仿佛要变成一只休眠的蛹。

生命在隐秘中活动；蛰伏在运作，未知事物在创生，艰难地分娩；我在半睡眠的状态中等待；我静静地睡着，仿佛虫蛹一般；我任由新的生命在我身上悄然成形，那将是新生的我，与现在的我大相径庭。光线仿佛透过层层碧波和树影才落在我身上；我感觉浑浑噩噩，麻木不仁，仿佛喝醉了酒，又好像深度昏迷。啊！我哀求道，请让我遭受一场性命攸关的危机，让我大病一场，让我体验生命的痛苦吧！我的头脑中好像有风暴来临，黑云压顶，让人无法呼吸，所有人都在等待一道闪电撕裂沉闷压抑的苍穹，好让被掩藏的澄澈蓝天显现出来。

等待，还要等待多久？等待结束之后，我们的生活还有什么盼头？等待啊，等什么呢？我呼喊着。不管发生什么，难道不都是从我们自己身上产生的吗？既然来自我们本身，难道还有什么是我们不知道的吗?

阿贝尔出生。我订了婚。埃里克死去。我生活中发生的种种变故不仅远没有结束这种麻木不仁的状态,反而让我陷得更深,情感的迟钝似乎来自我复杂的思想和犹疑不定的意志。我真想永无止境地睡下去,在潮湿的泥土中一直睡下去,好像自己是一株植物。有时,我心想,或许在痛苦到极点之后就能享受到快感吧。于是我便在肉体的精疲力竭中寻求精神的解脱。然后,我又睡了很久,像个年幼的孩子,因为暑热而睡意昏沉,大中午也能在吵闹的房间里安然睡去。

后来,我从遥远的梦中醒来,浑身大汗,心脏狂跳,头脑昏沉。光线透过紧闭的百叶窗,从窗缝里渗进来,将草坪的绿意反射在白色的天花板上。这一丝下午时分的光线是唯一让我感到愉悦的事物,就像在黑暗的包围中走了很长的路,终于走到石窟洞口,透过树影和流水看见隐隐颤动的天光,温柔而动人。

家中的喧闹声隐隐传来,我慢慢地恢复了生机。我用温水洗了把脸,百无聊赖地走到院子里,一直走到花园长凳那里,坐下来,无所事事地等待夜幕降临。我一直感到疲惫,不想说话,不想听别人说话,不想写作。良久,我开始读诗:

……

眼前所见,
是荒芜的道路。
海鸟拍打水面,
展翅飞翔。

……

我一定要栖居于此。

……

人们不顾我的想法,
迫使我在森林里安家,
在橡树浓荫里生活,在地底石窟中安眠。
土屋清冷苦寒,
山谷沉入暗影,
我无比厌烦。
高高的山岗上,
树枝弯垂,
仿佛是凄凉的轮回。
荆棘丛生,
了无生趣。[1]

1.节选自诗歌 The Exile's Song,中译名《流放之歌》,出自《英国文学》。

完满的生活或许能照进现实,但是目前还没有出现,有时感觉它触手可及,反复出现,越发萦绕心头。我不禁喊道:干脆打开一扇窗户吧,让生命在这无休止的折磨中彻底溃散吧!

我的生命似乎迫切需要焕然一新的变革。我等待着它第二次焕发青春。啊,洗刷掉书籍的污染,让我的双眼获得全新的视觉,让它们像眼前的蓝天一样纯净吧——最近一直下雨,今天碧空如洗。

我曾病倒;我曾踏上旅程,遇见了梅纳克;我奇迹般地康复,仿佛浴火中重生。重生后的我是一个全新的生命,生活在一片全新的天空之下,身处于焕然一新的事物当中。

三

纳桑奈尔,我想和你谈谈等待。我曾见过夏日的原野静静等待着雨水落下。路上的灰尘变得很轻很轻,每一丝清风都会掀起尘埃。那种等待已经不能称之为欲望,它已经成了一种揪心的渴求。干涸的大地裂开缝隙,仿佛是为了迎接更多的雨水。旷野上的花香几乎让人无法忍受。炎炎烈日之下，万物了无生气。每天午后，我们都会在露台下小憩，尽量避开那炽烈的阳光。那也正是某些树木的球果满载花粉的季节，树枝不时轻轻晃动，将生命的种子播撒到很远的地方。风暴在天空中蓄势待发，大地万物都在等待。这样的时刻凝重得令人窒息，连鸟雀都缄默无声。大地上卷起灼人的热浪，几乎要让人晕厥。球果植物的花粉从树枝间飘散到空气中，好像一股金色的烟雾。片刻，下雨了。

我曾见过天空颤抖着等待黎明的到来。星辰一颗接一颗消失不见。晨露打湿了草地。空气的触感好似清凉的爱抚。有那么一阵子，意识模糊的生命还想要流连在梦乡里，我头昏脑涨，疲惫昏沉。我向高处走去，一直来到林地的边缘。我坐了下来。动物们知道白昼即将来临，快乐地开始活动。生命的奥秘也在每一片树叶的脉络中再次舒展开来。瞬间，天亮了。

我还目睹过许多次黎明来临的瞬间，也曾亲眼见证夜幕降临的那一秒。

纳桑奈尔，对你而言，每一场等待都不是因为欲望，而只是单纯地迎接事物的到来。等待一切顺其自然地来临吧，不过你也只能渴望自然而来的事物。你只能渴望自己可以拥有的事物。你要明白，在一天中的任何时刻，你都可以感受到神的恩赐。希望你的欲望源自爱，希望你对自己拥有的一切心怀爱意。假如欲望无果而终，又怎么能算得上是欲望呢？

纳桑奈尔啊，你拥有神的恩德，自己却浑然不觉！能看见神明，便是拥有了神的恩德，但人们总是视而不见。先知巴兰啊，你座下的毛驴都在神明面前停下脚步，驮着你绕远路，难道你一次都没有看见吗？那是因为你想象中的神是另一副模样。

纳桑奈尔，只有神明是不能等待的。你要是等待神明，纳桑奈尔，那就意味着你还没有意识到自己已经获得了神的恩德。不要把神和幸福区分开来，你全部的幸福都应该着眼于当下。

我把自己所有的财富都带在身上，就像东方女人把全部家当都穿戴在身上一样。在我生命中每一个不起眼的时刻，我都能感觉到身上背负着自己全部的财富。这笔财富并不是许许多多具体事物的集合，而是我独一无二的崇敬之情。我始终支配着自己所有的财富。

你应该将夜晚看作是白昼消亡的时刻，而将清晨看作是万物生长的时刻。

希望你的视角每时每刻都是崭新的。

智者，就是对一切事物都感到新奇的人。

纳桑奈尔啊，你之所以疲乏头痛，纯粹是因为拥有的东西太过繁杂。你甚至都不知道在这一切当中自己最喜欢的是什么,你也并不理解唯一的财富其实就是生命。活着时最微不足道的瞬间也远远强过死亡,活着本身就是对死亡的否定。死亡就是在给别的生命让路,让天地万物不断地轮回更新;死亡为所有生命限定了时间,绝不让其超过应有的限度。当你的话语在世间回荡,那便是幸福的时刻。其他时候,就静静倾听吧。不过,只要开口说话,就不要再听他人的声音。

纳桑奈尔,你应该焚毁心里所有的书籍。
我崇敬我焚毁的一切。
有些书,
可以坐在小凳上,
在小学生的课桌前阅读;
有些书,
可以边走边读(小开本);
有些书适合在森林阅读,
有些书适合在田园阅读,
就像西塞罗说的那样:在乡野读书。
有些书,我在公共马车上阅读,
有些书,躺在草料房深处阅读。

有些书让人相信灵魂的存在，
有些书却让人失去所有期待；
有些书证明了神的存在，
有些书的证明却宣告失败。

有些书不为世人所容，
只能藏在私人的书房；
有些书则广受好评，
获得权威评论的颂扬。

有些书只研究如何养蜂，
有人觉得内容太过专业；
有些书详尽地描绘大自然，
读完之后不用再出门游玩；
有些书为智者所不齿，
却让孩子们格外喜欢。

有些书被称作选集，
收集辞藻华丽的文段；
有些书能教会你热爱生命，
有些却让作者选择自我了断；

有些书播种仇恨,
播下什么种子便收获什么果实;
有些书字字珠玑,
美好得令人心醉,低调得那么谦卑;
有些书如兄弟般亲切可爱,
比我们更纯洁,也更精彩;
有些书文笔奇谲,
让人百思不得其解。

纳桑奈尔,我们什么时候才能烧掉所有的书籍啊!

有些书不值一文,
有些却价值连城。

有些书讲述宫廷贵人,
有些则关注布衣寒门。

有些书言辞温柔,
仿佛正午树叶的低诉。
这里有一本书,
曾经被圣徒约翰在帕特莫斯岛像老鼠一样咀嚼,

不过我更喜欢覆盆子¹的清甜；
啃书让他的脏腑苦不堪言，
然后便产生无数幻觉。

纳桑奈尔，我们什么时候才能烧掉所有的书籍啊！

仅仅读到海边的沙滩有多么柔软，对我来说是不够的。我想要光着脚亲自去感受……一切没有直观感受的知识对我来说都没有什么用处。

每当我看见这世间柔和美丽的事物，都渴望倾注全部的柔情去抚摸它。大地是如此多情，繁花盛开的景象令人叹为观止。景观承载着我的欲望，广袤的国度任凭我探索寻觅！水边是纸莎草围成的小径，芦苇俯身向河面倾斜，林中空地让人眼前一亮，透过交错的树枝可以看到一望无际的平原。我曾在岩石或植物构成的走廊中漫步。我曾见过春回大地。

万象更新。

从那一天起，我生命中的每时每刻都充满了新鲜感，那实在是一种难以言喻的馈赠。从那时起，我的生活处处都是持续不断、激情洋溢的惊喜和错愕。我很快便为此而

1.覆盆子：蔷薇科悬钩子属的木本植物，是一种水果，果实味道酸甜。

陶醉，满心欢喜，就这样飘飘然在世间行走。

不用说，我想要亲吻所有含笑的嘴唇，想要啜饮脸上的鲜血和眼中的泪珠，想要大嚼沉甸甸挂在枝头向我伸过来的果实。每到一家旅店，饥饿都在向我招手；每到一处清泉边上，我都觉得口渴——在某一口泉眼边，都有一种特别的干渴——我真希望能用别的字眼来形容各种各样的欲望：

在康庄大道上行走的欲望；
在阴影里休憩的欲望；
在深潭里游泳的欲望；
在每一张床上做爱或安睡的欲望。

我对种种事物大胆出手，自以为有权得到我渴望的每一个对象（话说回来，纳桑奈尔，我所期望的其实完全不是占有，而是爱）。啊！希望我面前的一切事物都色彩斑斓，希望一切美好的事物都因我的爱而更有光彩。

篇章二

万物有时

食粮啊!
食粮啊,我对你们满怀期待!
我的饥饿感绝不会凭空消失,
只有得到满足才能消停下来,
大道理说服不了饥饿,
抑制食欲只能滋养灵魂。
满足感啊,我苦苦寻觅着你,
你就像夏日清晨一样美丽。

　　夜里让人觉得甘甜,正午让人感到清洌的泉水;拂晓时分的凛冽溪流;波浪拍打岸边时拂面的清风;桅杆林立的港湾;水花韵律温柔地拍打着河岸……
　　对了,如果还有通向原野的大路;正午时分的暑热;

田野中的开怀畅饮;干草垛里可以过夜的安乐窝;

如果还有通往东方的道路;令人心向往之的海上航线;摩苏尔的花园;图古尔特的舞蹈;赫尔维西亚的牧歌;

如果还有指向北方的大道;尼日尼的集市;掀起飞雪的雪橇;封冻的冰湖。

如果有这一切,纳桑奈尔,我们的欲望一定会得到满足。

航船驶入我们的港口,从陌生的海岸运来熟透的果实。赶紧卸下沉甸甸的货物吧,好让我们尝一尝鲜。

食粮啊!
食粮啊,我对你们满怀期待!
满足感啊,我苦苦寻觅着你,
你就像夏日里的欢笑一样美丽。
我知道我的每一种欲望,
都有虎视眈眈的对象,
每一次饥饿感都等待着它应有的报偿。
食粮啊!
食粮啊,我对你们满怀期待!
我在这世间苦苦寻觅着你们,
寻觅着可以满足我的七情六欲。

*

在这人世间,
我知道的最美的事物,
纳桑奈尔啊!
那就是我的饥饿感。
饥饿感永远忠实,
忠实于它所期待的对象。
葡萄酒会让夜莺沉醉吗?
牛奶会让鹰隼沉醉吗?
而刺柏会让斑鸠沉醉吗?

  鹰隼沉醉于飞翔。夜莺沉醉于夏夜。让原野颤抖的是炎热。纳桑奈尔,希望所有的情绪都能让你陶醉。如果面前的食物无法让你陶醉,那是因为你的饥饿感还不够强烈。

  每一项圆满完成的活动都会带来快感。正因如此你才知道自己做的是正确的事。我一点也不喜欢那些将辛苦劳作视为美德的人。如果觉得苦不堪言,他们最好还是去做些别的事情。做一件事情乐在其中,恰恰说明我们就适合做这个。纳桑奈尔,发自内心的愉悦感,对我来说就是最重要的指南。

我知道自己的身体每天会渴求怎样的快感,也知道自己的头脑能够承受的限度。而在这之后,我又陷入了沉睡之中,大地和天空对我不再有任何意义。

*

总有些古怪的病症,让人偏偏想得到自己没有的东西。

"我们也一样啊,"有人说,"我们也一样,我们也经历过灵魂空虚的痛苦!"

在亚杜兰的山洞里,大卫啊,在你渴望痛饮陶罐里的清水时,你也曾感叹过:"唉!谁能给我送来伯利恒城墙下的清水啊!当我还是个孩子的时候,总是喝那儿的水解渴;现在我烧得唇焦舌干,水却落入了敌人手中。"

纳桑奈尔,永远别指望回头能品尝到昨日的甘露。

纳桑奈尔,永远不要在未来找寻过去的影子。每时每刻都是全新的,把握住每个瞬间吧,不要为快乐事先准备什么。你要知道,就算你准备了,最后出现的也只会是意料之外的另一种乐趣。

难道你还不明白吗,幸福就像路边的流浪者一样,随时随地都有可能出现在你眼前。倘若你说梦想中的幸福不是这样,只有符合你的原则和心意才算得上是幸福,并因此断言自己失去了幸福的话,那你可就真的太不幸了。

对明天的憧憬是快乐的,但在第二天获得的快乐又是另一码事。幸运的是,事情从来都不是人们梦想的那副模样;正是因为不同,才能体现出每种事物各自的价值。

我不想听你对我说:来吧,我已经为你准备好了这样或那样的快乐。我只喜欢偶遇的快乐,是那种能让我惊喜地喊出声来的快乐。这样的快乐像湍流一样奔涌而来,鲜活而强烈,就像刚刚酿出来的最新鲜的葡萄酒。

我不想要精心粉饰的快乐,也不要书拉密女[1]穿越一间间房舍向我走来。我亲吻她,甚至都来不及擦去葡萄在唇上留下的痕迹;亲吻她之后,嘴唇的温度还未退散,便又痛饮美酒;我咀嚼着甜美的蜂蜜,连蜂蜡也一起吃了下去。

纳桑奈尔,不要事先为快乐做任何准备。

1.书拉密女:Sulamite,《圣经·雅歌》中所罗门之妻。

*

不能说"真不错"的时候,就说"那就这样吧"。这样一来,你很有可能会收获幸福。

有些人认为幸福的时刻是神明赐予的——那么其他的时刻又是谁赐予的呢?

纳桑奈尔,不要把神和幸福区分开来。

"我因自己来到这世间而对'神明'感激涕零——假使我不存在的话,我也会因此而埋怨'神明',而感激的程度绝不会超过怨恨。"

纳桑奈尔,我们只能自然地谈论神明。

我想说的是,大地也好,人也好,我自己也好,只要神明存在,这一切存在就都是再自然不过的事物了。但是真正让我感到困惑的是,当我意识到这一点时竟然会目瞪口呆。

诚然,我也曾唱过圣歌,也曾写下下面这首回旋曲。

回旋曲:神存在的美好证据

纳桑奈尔,我想让你知道,人类最美好的诗作就是无数证明神确实存在的诗篇。你能理解,对吗?在这里我并不是要重述那些证据,尤其不想简单地重复。再说，那只是证明神确实存在的证据，而我们要证明的还有神的永恒。

啊，是的，我知道之前已有圣安塞尔姆的论述，
还有关于那完美无缺的幸运岛的故事，
但是可惜啊，可惜啊，纳桑奈尔，
不能让全世界的人都在岛上居住。
我知道大多数人对此都表示赞同，
可是你呢，却相信少数神的选民。

二加二等于四，证据确凿，
但是，纳桑奈尔，并不是人人都会算术。

我们已有造物主最初存在的证据，
但在那之前还有更古老的神明。
纳桑奈尔，真可惜我们当时不在那儿。
否则我们就能见证男人和女人的创生，
看着他们——惊讶自己刚出生却不是婴儿之身，
厄尔布鲁日山的雪松历经数百年，
已心生厌倦，
就那样屹立在流水蚀刻的山岗间。

纳桑奈尔！真希望我们就在那里，迎接世界的黎明！可是我们怎么那么懒惰，没能早起呢……你呀，你难道没有要求在那时出世吗？哎，如果是我的话，我一定会提出那样的要求……不过，那时神明也才刚刚从没有时间的混沌沉睡中苏醒。倘若我在那里的话，纳桑奈尔，我会请求神把一切都造得更宏伟一些；好吧，你可不要对我说，那时候一点也看不出这样的区别。

"我完全可以创造另一个世界，"阿尔希德说，"在那里二加二可不等于四。""得了吧，我看你可做不到。"梅纳克说。

由果推因，可以证明神的存在。

但不是所有人都认为结果可以证明动机。

有人认为我们对神的爱就是神明存在的证据。纳桑奈尔，这就是为什么我说神明就是我所爱的一切，这就是为什么我愿意爱恋一切的原因。别担心我会以你为例，再说我也没打算从你开始；我对许多事物的喜爱都远胜过人类，人并不是我在这世界上格外钟情的对象。因为我不想骗你，纳桑奈尔——我身上最强大的特质显然不是善良，善良也不是我认为自己所具有的最优秀的品质；我认为人类最珍贵的品质也不是善良。纳桑奈尔，希望你爱神胜过爱人。我自己也曾经歌颂过神明,为神明大唱赞歌。有时候我甚至做过了头。

有人问我:"构建起各种体系,你觉得很有意思吗?"

我答道:"我觉得没有什么能比伦理道德更有意思了,我能从中获得精神的满足。只有让快乐获得道德上的意义,我才能充分品味其中的乐趣。"

"这会让快乐更强烈吗?"

"不会啊,但是能让我心安理得。"

确实如此,我经常用某种学说,甚至是完备严谨的思想体系为自己的所作所为正名,这让我十分得意;有时却觉得这只是在为自己的纵情声色找借口罢了。

*

纳桑奈尔,万物皆有时,所有事物都是应运而生的。换句话说,都是应某种外化的需要而生。

树木对我说:我需要一片肺叶,所以我的汁液化生成叶片,让我能够呼吸。呼吸好了,叶子也就落了,但我并不会随之死去。我对生命的全部思考都凝聚在我的果实里。

纳桑奈尔,别担心,我不会滥用寓言,因为我并不十分赞赏这种表达方式。除了生活本身，我没有什么可以教给你的智慧。思考实在劳神费力。我年轻的时候总爱思考自己行为的后果，结果把自己弄得精疲力竭。后来我便相信，想要不再犯错，干脆什么都不要做。

于是我便写下了这样的话：我的肉体能够得救，恰恰是因为灵魂中毒太深，已无药可救。写完之后，连我自己也不明白我究竟想要表达什么。

纳桑奈尔，我再也不相信所谓的罪孽了。

不过你得明白，这么一点点思考的权利，是要以牺牲许许多多的快乐作为代价的。如果一个人在认为自己是幸福的同时还有思考的能力，那才称得上是真正的强者。

纳桑奈尔，人之所以不幸，是因为他们总在四处打量，而且认为所见之物就属于自己。一件东西的重要性并不取决于我们，而是取决于它自己。希望你的眼睛就是你所看见的事物。

纳桑奈尔，倘若不能再呼唤你动听的名字，那我再也不会写哪怕一行诗。

纳桑奈尔，我真希望是由我来亲手赋予你生命。

纳桑奈尔，你能感受到我话语中的凄楚情意吗？我真希望自己能离你近一点，再近一点。

就像先知以利沙让书拉密女的儿子复活那样——"口

对口,眼对眼,手对手,伏在孩子身上"——我那有力的心脏照耀着你深如黑夜的灵魂,我全身伏在你身上,我的嘴对着你的嘴,我的额头贴着你的额头,我滚烫的双手握着你冰冷的双手,我的心脏急切地跳动……("孩子的身体就渐渐暖和了",书里记载道)你终于在快感中醒来,然后便离下我,去迎接扣人心弦、落拓不羁的生活了。

纳桑奈尔,这就是我灵魂中的全部热情。你拿去吧。

纳桑奈尔,我要让你明白,什么是激越的热情。

纳桑奈尔,不要在和你相像的事物身边停下脚步;纳桑奈尔,永远不要停下脚步。如果周围的环境和你越来越像,或者是你越来越被周围的环境同化,那你就再也无法从中获得什么益处了。你必须离开这样的环境。你的家庭、你的斗室和你的过去对你而言比任何事物都更危险。从每件事物中学习知识,这就够了。尽情享受其中的快感吧。

纳桑奈尔,我想和你谈谈生命中的各种瞬间。你明不明白瞬间是一种多么强大的存在?如果不是时常想到死亡,生命中最微小的瞬间就不会显得那么珍贵。难道你还不明白,如果没有黑沉沉的死亡作为背景,生命中的一个个瞬间怎么可能闪现出如此令人赞叹的光芒?

倘若有人告诉我并且让我确信自己有足够的时间去做

一件事，那我大概什么也不会做了。既然有充分的时间去做任何事，那在我决定开始做一件事之后，首先得好好休息一下才行。我已经知道这样的生命必将终结——在度过一生之后，我就要陷入一场长眠，比每一夜辗转期待的睡眠更深沉，更令人忘却一切……既然如此，那么我今生所做的一切都没有任何意义。

*

于是我便养成了习惯，将每一个瞬间从生命中抽离出来，这样可以获得孤立而完整的快乐，可以将独一无二的幸福凝聚在这几乎静止的瞬间；那种感觉是如此强烈，以至于当我回忆起刚刚过去的那一瞬间时，几乎认不出自己是谁。

*

纳桑奈尔，坦然承认一切，本身就会带来强烈的愉悦感：

枣椰树的果实叫作椰枣，那是一种美味佳肴。

枣椰酒学名叫拉格蜜，是用树汁发酵酿成的。阿拉伯人会喝得酩酊大醉,但我却不怎么喜欢。在瓦尔迪的美丽花园里,卡比尔牧羊人给我递上的,正是一杯枣椰酒。

*

今天早晨在水泉公园的小径上散步时,我发现了一株奇特的蘑菇。

它包裹在一层白色的鞘里,很像是橘红色的玉兰果,表面有规则的烟灰色花纹,应该是内部飘出的孢子形成的。我掰开往里看,里面装满了泥浆似的物质,正中心是一块透明的胶状物,散发出一阵阵令人恶心的气味。

它周围还长着别的已经打开的蘑菇,就是我们经常在老树干上看到的那种扁平的蘑菇。

(我在动身前往突尼斯城之前写下了上面这段文字,现在抄录于此,就是想让你明白,我对眼前所见的每一件小事都非常在意。)

翁弗勒尔街头——

在某些时刻,我觉得自己虽然身在人群之中,但是来来往往的人群反而让我对自己的私人生活有了更强烈的感受。

昨天我在别处,今天就在这里。

神啊,他们和我有什么关系?

他们一直说,一直说,一直说:

昨天我在别处,今天就在这里……

在某些日子里,只要不断重复"二加二还是等于四",只要看到我的拳头放在桌子上……就足以让我心中充满某种宗教般的至福。

在另一些日子里,我觉得这些都完全无所谓。

篇章三

异域花园

波尔格斯别墅——

在这只浅口盆里……在半明半暗的光影中……仿佛能看到每一滴水、每一缕光线和每一种生命都在获得快感的瞬间凋零。

快感！这个词，我愿意不停地重复成千上万遍。我觉得快感完全可以作为快乐的同义词，甚至足以作为生命的同义词。

啊！人们仔细思量之后才终于明白，神明创造这个世界并不单单是为了快感。

这里凉爽得出奇，让人特别想好好睡上一觉。这种愿望是如此强烈，但在此之前似乎从未有人体验过。

在这里，珍馐佳肴正静静等待着我们饥肠辘辘的时刻到来。

亚得里亚海，凌晨三点——

水手在缆绳间的歌唱让我厌烦。

无比古老又如此年轻的大地啊，倘若你懂得，倘若你懂得苦涩与甜蜜交织的体验，懂得短暂人生的愉悦滋味，那该有多好啊！

关于表象的永恒概念啊，倘若你明白在等待死亡迫近的时候，当下的瞬间会有多么珍贵，那该有多好啊！

春天啊！有些植物只能存活一年，它们脆弱的花朵显得有些迫不及待。人的一生中也只有一季春天，对往昔快乐的回忆并不能让我们更靠近幸福。

菲耶索莱的山丘——

美丽的佛罗伦萨，一座拥有庄严学识、奢华和鲜花的城市，它更是一座庄重的城市。这里有爱神木的种子和"细叶月桂"编织的桂冠。

在芬奇格利亚塔山岗上，我第一次看见云朵如何消散在蔚蓝的天空。我很吃惊，因为我没想到云朵竟然会融化在天空里，我原以为云朵会不断聚积，直到雨水倾泻而下，但是并没有。我仔细看着絮状的云朵一丝一丝消失不见，最后只剩下湛蓝的天空。那是一场华丽的死亡，一场发生在天幕上的消逝和没落。

罗马，苹丘——

那天让我感到愉快的，是某种类似爱情的感受。但那并不是爱情，至少不是人们惯常谈论和追求的那种爱情，也不是对美的感知。那种感受并非来自某个女人，也并非来自我的思想。如果说那仅仅是光线引起的兴奋激情，我会这样写吗？而你又是否能够理解我呢？

那天我就坐在这座花园里。我没有看见太阳，但是空气中弥漫着明晃晃的光，蔚蓝的天空仿佛融为液体，像雨水一样落下来。是的，千真万确，光线真的形成了波浪和涡流，星星点点的光像雨滴一样打在青苔上。是的，千真万确，在这条林荫小道上，真的会觉得光线在流动，闪耀的流光让树木的枝头挂满了金光闪闪的泡沫。

那不勒斯——

沐浴在海边阳光里的小理发店。码头上烈日炎炎，掀起门帘走进店里，慵懒得只想放松一下，这需要很长时间吗？一片寂静。额角满是汗珠，肥皂泡沫轻轻抹在脸颊上。刮完胡须，还要用更纤薄的剃须刀再仔细修饰一番，然后用一小块海绵蘸着温水润湿皮肤，精心处理嘴唇上的胡须。之后，用淡味的香水洗去皮肤上留下的灼痛，再抹一层香膏，镇静皮肤。最后，为了能再多待一会儿，我又让理发师给我剪了头发。

阿马尔菲的夜——
有人在夜色中等待，等那一无所知的爱。
那是一座能俯瞰海面的小房间。月光太过明亮，照得我从睡梦中醒来，一睁眼便看到海上生明月的景象。
我走向窗前，以为天已破晓，太阳快要升起……但是并没有。
是月亮（极为圆满的满月）。月色那么温柔，那么温柔，仿佛海伦迎接又一个浮士德那样温柔。海面上了无人迹，村庄里一片沉寂，一条狗在夜色中号叫，窗户上挂着破衣烂衫……
没有一点人的动静，我完全无法想象这一切还会苏醒。那条狗没完没了地哀号。天再也不会亮了，我再也无法入睡。这种时候，你会做什么呢……比如下面这些？
你会到空无一人的花园里去吗？
你会走下沙滩，去海边洗澡吗？
你会去采摘在月光下看起来是灰色的柑橘吗？
你会去抚慰那条狗吗？
有好多次我都感觉到大自然要我做些什么，但我一直都不知道该如何回应。

辗转反侧，等待不会到来的睡意……

一个孩子尾随我走进了被围墙环绕的花园，手里紧紧抓着树枝条轻拂楼梯。楼梯通向与花园相邻的露台。但从外面看，并没有路可以通向露台。

我端详着那树影下的小小身影。再多阴影也遮掩不了你的光彩，卷发在你额前投下的影子只会被映衬得更加深暗。

我攀着藤蔓和枝条下到花园里，在树丛里满怀柔情地啜泣，树丛里的鸟鸣比大鸟舍还要热闹——我将一直流泪，直到夜幕降临，直到黑夜笼罩大地，将谜一般的喷泉水染成越发深邃的金色。

美好的肉体在树影中结合。

我伸出修长的手指触碰他润泽的肌肤，

他悄无声息地踏在沙地上，

我看见他秀美的双足。

叙拉古——

平底小船，天空低沉。有时，在温暖的雨中，天空似乎就压在我们头顶上。水生植物带来淤泥的气味，茎秆摩擦发出沙沙的声响。

水很深,蓝色源泉的喷涌便不那么显眼。没有一点响动。在孤寂的田野中,在这天然形成的喇叭形洼地里,泉涌就像水波在纸莎草中开出的花朵。

突尼斯城——

在清一色的碧海蓝天之间,唯独需要风帆的一点白色,还有风帆倒影的一点绿色。

夜晚,指环在暗影中闪现光泽。

月色清朗,我们在月下漫步。夜色中的想法与白天大相径庭。

沙漠中的月色诡异凄凉,恶灵在墓地中游荡。

赤足踏在青灰色的石板上。

马耳他——

夏天里,每到日暮时分,当天还没有黑透但已没有日影的时候,广场上总会弥漫着一种令人心醉神迷的奇特氛围。那是一种特别的激情。

纳桑奈尔,我想和你谈谈我所见过的最美丽的花园:

在佛罗伦萨,到处都有人卖玫瑰。有那么几天,整座城市都散发着香气。那时我每天晚上都在乡村公园散步,每到周日则会去没有花朵的波波利花园。

在塞维利亚，吉拉达钟楼附近有一座古老的清真寺；院子里整整齐齐地种着一棵一棵的橘子树，树与树对称排列；其余地方则铺有石砖。太阳当空的日子里，树冠只会投下很小的一片阴影。庭院呈方形，周围有围墙环绕。这所庭院具有一种盛大的美感，但我不知道该如何向你诉说。

城外有一座围栏环绕的大型花园，里面生长着许多热带树木。我从来没有进去过，但是透过围栏可以看到里面。我曾经见过珍珠鸡在树间奔跑，我想里面应该有很多家养动物。

我该如何向你描述塞维利亚王宫呢？那座花园就像一处波斯奇观；当我和你说起它的时候，我想我对它的喜爱要胜过其他所有的花园。每当读到哈菲兹的诗句，我便会想起这座花园：

举杯斟美酒

香渍染襟前

跟跄为情故

人谓为智贤

花园里，林荫道上装点着一座座喷泉，小径上铺着大理石砖,沿路生长着爱神木和雪松。林荫道两旁是大理石砌成的水池,过去国王的情人们就在那里沐浴嬉戏。除了玫瑰、水仙和月桂,这里看不到任何别的花朵。花园深处有一棵参天大树,仰头望去,可以看到一只鹌鸟一动不动地立在枝头。在距离宫殿更近的地方,有些水池品味恶俗,令人联想到慕尼黑王宫花园里类似的作品,比如完全用贝壳做成的雕塑。

那是一个春天,我在慕尼黑王宫花园里游玩,品尝着五月苜蓿冰淇淋,听着军乐队没完没了的演奏。周围的听众一点也不优雅,但却对音乐如痴如狂。入夜之后,夜莺唱起凄婉的歌谣,那歌声就像德文诗一样令我郁郁寡欢。人对喜悦的感知是有限度的,过于强烈的喜悦会让人流泪。游览这些花园带来的甜美乐趣让我不禁想起,我原本也可能去往其他任何地方。那一年的夏天,我学会了如何享受温度的妙处。我的眼睑对温度格外敏感。我记得有一天夜里,在火车上,我特地从一扇打开的窗户旁走过,就是为了感受凉爽的气流从皮肤表面拂过。我闭上了眼睛,不是为了入睡,而是为了感受这种抚摸。令人窒息的炎热占据了整个白昼,现在到了晚上,空气依旧温热,但在吹过我滚烫的眼睑时,却好像是清凉的水流。

在格拉纳达,赫内拉利菲宫的露台上种着欧洲夹竹桃，我去游览的时候还未到花开的时节；去比萨公墓花园的时候，也没有看到花开；造访圣马尔克的小隐修院时，原以为能观赏到满园玫瑰的盛景，然而也并没有。不过，在罗马，我领略到了苹丘最美好的季节。午后暑热难耐，人们便去苹丘纳凉避暑。当时我就住在附近，每天都会去那里散步。那段日子我身体不好，没法思考任何问题。

我沉醉在大自然之中。

有时，在神经错乱的作用下，我觉得自己的身体仿佛不受任何束缚，可以自由自在地徜徉在天地之间；有时，我全身上下充盈着快感，仿佛一块酥松的方糖，就这样慢慢融化。从我所坐的石凳上望去，看到的不是令我疲惫不堪的罗马，而是可以居高临下，将波尔格斯花园尽收眼底，稍远处最高的松树梢也只与我的脚底齐平。高处的平台啊，向广阔的空间展开，让视线在空中遨游……

我真想在夜里游览法尔内塞宫花园，然而晚上不得入内。那里草木繁茂，遮掩了断壁残垣。

在那不勒斯，有的花园地势很低，就建在大海边，仿佛一道繁花似锦的海堤，笼罩在阳光里。

在尼姆，喷泉花园里随处可见曲水流觞。

在蒙彼利埃有一座植物园。我记得一天晚上，我和安布瓦兹一起，就像在阿卡德摩斯花园里一样，我们坐在一座古老的墓碑前，周围松柏环绕。我们有一句没一句地闲聊，咀嚼着玫瑰花瓣。在另一个夜晚，我们从佩鲁广场举目望去，看到远方的海面在月色下闪动着银亮的波光，周围只有水塔发出的隆隆声，翅边镶有白色羽毛的黑天鹅在宁静的水面上游弋。

在马耳他，我常在住所的花园里读书。老城区有一小片柠檬树，当地人称之为"小树林"。我常去那里，摘下熟透的柠檬一口咬下去，最初那一阵酸味连牙都要酸倒了，之后却会在唇齿间留下清新的回甘。在叙拉古惨不忍睹的古代石牢里，我也曾这样大嚼柠檬。

在拉艾公园，已经失去野性的黄鹿在林间奔跃。

在阿夫朗什花园，可以看到圣米歇尔山。日落时分，远方的沙滩宛如流动的火焰。有些城市规模极小，花园却格外迷人。我已经忘了那些城市，忘记了城市的名字。我希望能再看一眼那些花园，但却永远不会再见了。

我梦想着摩苏尔的花园，听说那里开满了玫瑰，还有波斯诗人欧玛尔在诗中歌唱的纳什普尔花园，还有哈菲兹笔下的设拉子花园。我们再也见不到纳什普尔花园了。

但是在比斯克拉，我领略到了瓦尔迪花园的风光。孩子们在花园里放羊。

在突尼斯城，除了墓地之外再也没有别的花园了。

在阿尔及尔的试验植物园（那儿栽植了各种各样的棕榈科植物），我有幸品尝了各种从未见过的水果。还有卜利达（阿尔及利亚北部城市）！纳桑奈尔，我该怎么和你说呢？

啊！萨赫勒的青草是多么温柔！橙花盛放，树影清凉，花园里飘荡着沁人心脾的芬芳！卜利达！卜利达！美丽的小玫瑰啊！初冬时节，我竟然没认出你来。圣洁的树林里绿叶常青，无需等待春天的焕新。紫藤萝和别的藤蔓植物却好像等待燃烧的柴薪。雪从远山飘落，慢慢靠近你。我在房间里都暖和不起来，在你那多雨的花园里更是无法取暖。我读着费希特的《全部知识学的基础》，感觉自己又有了宗教信仰。那时我很温柔，常说人应该学会与忧伤共处，而且试图让这种想法成为一种品德。此刻，我晃一晃凉鞋，鞋上的灰尘抖落，谁又知道风将它们带向何方？那是来自沙漠的灰尘，我曾和先知一样跋涉在沙漠中。干燥的石块风化成碎屑，炙烤着我的双脚（阳光将地面晒得滚烫）。现在，在萨赫勒的青草地上，我的双脚终于可以休息了！此时我们说的每一句话仿佛都是情话！

卜利达！卜利达！萨赫勒的鲜花！我的小玫瑰啊！我曾见过你的柔嫩和芬芳，枝繁叶茂，繁花似海。严冬的雪已经消逝得无影无踪。在你那圣洁的花园里，白色的清真寺闪耀着神秘的光,鲜花压弯了藤蔓的枝条。馥郁的空气中飘荡着橙花的清香,就连纤弱的橘子树也散发出清浅的香气。桉树恣意生长,老树皮从高高的枝丫上抖落,已经不能再保护大树了,好像天气转暖后无用的冬衣,又好像我那只有在冬天才有价值的陈旧道德。

卜利达——

在这初夏的清晨,当我们走在萨赫勒的大路上,在金色阳光下,在蔚蓝天空下的桉树浓荫里,茴香茎秆粗壮,盛开的金色花朵黄里透绿,焕发出无与伦比的光彩。

而那些桉树,它们有时簌簌作响,有时纹丝不动。

所有事物都是大自然中的一份子,谁也无法跳出天地之外。物理法则无所不在。列车飞驰,驶进夜色,又披着一身露水驶出清晨。

船上——

有多少个夜晚啊!我在船舱里,面对紧闭的舷窗,看着圆形的玻璃——很多个夜晚,我就这样坐在床铺上看着你,心想:看吧,等窗外天色发白的时候,黎明就要到了,那时我就要起床,抖擞精神,抖落这一身的不舒服。那时黎明将使大海安静下来,我们也将踏上陌生的土地。

可是黎明到来的时候，大海仍然不平静，陆地仍然遥不可及，我的思绪就这样荡漾在摇晃的海面上。

我的整个身体都清楚记得海浪颠簸带来的不适。我想：我是不是该把思绪挂在摇晃的桅杆上？海浪是什么样子，难道我只能看到夜风中飞溅的水花吗？我将自己的爱洒落在波涛里，将思绪播撒在波浪的荒原上。我的爱纵身跃进此起彼伏、前赴后继的海浪。浪花拍打而过，从舷窗里就再也看不见了。大海没有形状，始终波涛激荡。在远离人群的地方，海浪也悄无声息，再也没有什么能够阻挡海水的流动，也再没有人能够听见海的沉默。海浪在拍打最脆弱的一叶小舟，我们还以为那声音是风暴的怒吼。汹涌的浪头向前推进，一浪高过一浪，却没有一丝声响。海浪前赴后继，每一浪都掀起同一滴水，却没有改变水滴的位置。运动的只是海浪的形状，水体随浪花抬高然后落下，却不会追随波浪而去。每一朵浪花都只在一瞬间抓住一滴水，无数滴水掀起波浪又落下。灵魂啊！不要执着于任何一种想法。让所有的想法都随风而去吧。上天堂的时候，任何一种想法你都带不走。

涌动的浪涛啊，是你让我的思绪如此荡漾！你无法在浪尖上建造任何东西，浪花承受一丝重量都会粉身碎骨。

迷失在茫茫大海上,沮丧地四处飘荡,温馨的港湾究竟还会不会出现呢?让我的灵魂抵岸休憩吧——踏上坚实的海堤,身旁是旋转的灯塔。然后,回望大海。

篇章四

夜宴行吟

一

在佛罗伦萨的小山上
在一座花园里
面朝菲耶索莱
我们在那一晚团聚

梅纳克说（纳桑奈尔，现在是我在向你诉说）：

"安格尔，伊迪尔，狄提尔，你们不明白，也不可能明白，激情是如何焚毁了我的青春。时间的流逝让我心浮气躁。总是必须做出选择，这让我忍无可忍——对我来说，选择不是优中选精，而是放弃没有选中的一切。我满心恐惧地意识到，时光飞逝，就像白驹过隙；时间只有一个维度，而不像我所期望的那样是一片广袤的空间。时间只是一条线，我的种种欲望在这一条线上奔腾，难免彼此冲撞。我只能选择做一件事，如果做了这件事，我很快就会后悔没有去做另外那件事。所以我时常站在原地，什么都不敢做，不敢轻举妄动。我心中狂乱，不知所措，就这样一直张开双臂不敢放下，就怕仅能拥有一样东西而失去了其他的一切。这是我一生中最大的败笔。我无法进行任何持之以恒的研究，因为有太多无法舍弃的东西。不管是为了什么，这样的放弃都会付出昂贵的代价，我会失去很多，再多心灵鸡汤也无法排解我的忧伤。就好像走进繁华集市，手里却只有几个铜板可以支配（铜板也是拜他人所赐）。支配！选择就意味着放弃，永远放弃其他的一切；无论得到多少，失去的一切永远更多也更好。

"因此，我对世间任何形式的拥有都有所抵触，害怕从此再也不能拥有别的东西了。

"货物！食物！琳琅满目的新发现！你们毫无异议地献出自己供人享受！我知道，世上的资源正在枯竭（虽然还有取之不竭的替代品），我喝光了杯中水，轮到你时杯子就是空的，我的好兄弟（不过水源就在近旁）。但是你们呢,无形的思想啊!无拘无束的生活方式、科学、关于神的知识——真理的圣杯,永不干涸的圣杯,就算让我们所有人都喝个痛快也不会枯竭,永远有丰沛的清泉迎接干裂的嘴唇,可是为什么斤斤计较,不肯让我们畅饮杯中的甘露呢?现在我明白了——这伟大而神圣的泉眼中涌出的每一滴水都拥有同等的力量,最微小的一滴也能让我们心醉神迷,向我们揭示无处不在、无所不包的神的真容。然而,在那段疯狂的岁月里,有什么是我不想要的呢?我羡慕一切形式的生命,不管看到别人在做什么,我都希望自己也能去做同样的事。不是想证明自己做过,而是希望自己真正去做,明白吗?我并不害怕吃苦受累,反而认为苦和累是生活的教诲。有那么三周的时间,我嫉妒古希腊哲学家巴门尼德,就因为他学过土耳其语;两个月之后,羡慕的对象变成了西奥多修斯,因为他开创了天文学。就这样,我对自我的塑造一直非常模糊,只有最不清晰的轮廓,因为我一点儿也不愿意限制自己。"

"梅纳克,和我们谈谈你的生活吧。"阿尔希德说。

于是梅纳克接着说:

"十八岁,我完成了最初的学业,然而无心工作,心里空落落的,萎靡不振,身体也觉得拘束。于是我动身上路,漫无目的地行走,以此实现心中流浪的愿望。

我体验了你们所知道的一切：春天、泥土的气味、田间草地上盛开的繁花、清晨河面上的雾气和草场上的暮霭。我穿过一座座城市，不愿在任何地方停留。我想，在这世间没有任何牵挂，始终四处游荡，永远心向远方的人才是幸福的。我痛恨故乡，痛恨家庭，痛恨一切让人想要驻足休憩的地方；我厌恶持久的眷恋，厌恶爱情的忠贞，厌恶思想的执念，厌恶一切有损公平正义的事物。正如我常说的那样，我们应该时刻准备着用全部身心来迎接每一样新的事物。

"书本上的知识告诉我，任何形式的自由都是假象。所谓自由，只不过是为自己选择一种受奴役的方式，或者说选择一种自我奉献的形式罢了。人就像菊科植物的种子一样随风飘荡，寻找肥沃的土壤扎根落脚，只有安定下来才能开花。与此同时，我也在课堂上学过，理性思考并不能指导人的行为，每一种理性观点都可能存在与之针锋相对的相反意见，只要找到两者中的一个就能推翻另一个。有时候，在漫漫长路上，我只顾着思考种种驳论。

"我生活在永恒而甜美的等待中，等待随便哪一种未来。我明白了一点：面对快感的时候，永远是先产生对享受的渴望，然后才会有享受本身，就像在提问之前答案便已存在一样。我幸福，是因为每一眼泉水都会撩拨起我的渴望,在干旱的沙漠里,我反而要在烈日下暴晒,让无法平息的干渴变得更加炽烈。夜里,来到奇妙的绿洲,在整整一个白天的等待之后,那里会变得格外凉爽。在无垠的沙漠中,在太阳无情的炙烤下,我几乎要陷入无边的梦境,然而天气太热,滚烫的空气仿佛在微微颤动。生命不愿就这样入睡,我感受得到它的心跳,远在天边时只是虚弱的颤抖,在我脚下却成了充满爱意的搏动。

"每一天,在一寸一寸流逝的时光里,我唯一想做的事,就是简单直接地沉浸在大自然之中。我拥有一项罕见的天赋:不为琐事纠结。过去的记忆对我唯一的作用就是让我的生命变得完整,就像希腊神话中忒修斯手中的线团一样,神秘的丝线将他与逝去的爱情联结在一起,却并不妨碍他踏上新的征程。这根线后来也断了……破茧重生的感觉真是无与伦比的美好!清晨赶路时,我常觉得自己获得了全新的生命,美美地品味着新生感官的敏感与温柔。

"'你有诗人的天赋,'我大声说,'你注定要经历无数场遇见。'

"我欢迎来自四面八方的一切际遇。我的心是十字路口的客栈,谁愿意进来都可以。我渐渐变得性情柔顺,友好可亲,我调动起所有感官,随时准备接受一切。我再也无法捕捉到任何一闪而过的情绪和反应,就这样,我不再认为有什么事情称得上是坏事,也不再对任何事情提出异议。而且我很快注意到,我对美的热爱和对丑的痛恨几乎毫不相干。

"我痛恨萎靡,我知道那来自无聊。我认为人应当重视事物的多样性。我可以在任何地方休息,我可以睡在田地里,也可以睡在平原上。我曾见过黎明掀起涌动的麦浪,乌鸦从山毛榉树林中飞起。清晨,我在草地上用露水洗脸,在初升的太阳下晒干被露水打湿的衣衫。有一天,我看见人们赶着牛车,唱着庆祝大丰收的歌谣满载而归。再也没有比这更美好的田园景象了!

"曾经有一段日子,我心中无比快乐,真希望能和什么人聊一聊,让别人知道是什么让我如此快乐。

"入夜时分,我来到陌生的村庄,看着白天各自忙碌的人们回家团聚。父亲劳累了一天回到家里,孩子们放学归来。房门半开,透出一线温馨的光影,屋内传出欢声笑语,将黑夜关在门外。一切漂泊的事物都不得入内,只能待在屋外萧瑟的风中。家庭啊,我恨你!封闭的炉灶,紧锁的宅门,唯恐分享幸福的占有!有时候,我靠在玻璃窗边,隐没在黑夜里,久久地凝望着一家人的日常生活。父亲坐在灯下,母亲在做针线活,祖父的位置空着,孩子待在父亲身边学习——我心中涌起强烈的渴望，想要带那个孩子和我一起去闯荡。

"第二天，我又看见那孩子放学归来；第三天，我和他说了话；第四天，他抛下一切跟我上路。我让他开了眼界，看见了原野是多么的光彩夺目。他也意识到原野正敞开怀抱等待着他的到来。在我的教导下，他有了一颗浪迹天涯的心，一颗终于获得了快乐的心。接着，我又教会他摆脱我的束缚，去经历他自己的孤独。

"我独自一人，品尝着骄傲的狂喜。我喜欢在拂晓前醒来，在茅草屋顶呼唤太阳，云雀的歌声装点了我的幻梦，朝露就是我清晨梳洗的甘露。那时我热衷于节食，几乎不吃什么，头脑轻飘飘的，对一切事物的感知都带着醉意。我曾喝过许多酒，但我知道没有任何一种酒能像断食那样令人头晕目眩。一大清早我就觉得天旋地转，太阳还没有升起，我又在干草垛里睡了过去。

"我随身带着干粮，有时饿得快要晕过去了才想起来吃一点。这样做让我可以更加自然地感受天地万物，大自然也更能浸透我的身心。外界的事物蜂拥而来，我敞开所有的感官迎接它们。一切事物都是我心中的贵客。

"终于，我的灵魂充满了诗意，是孤独让这诗意更加激情澎湃，让我在每一天结束时都疲惫不堪。

"出于自尊和傲气，我一直保持着这种状态，我想起了伊莱尔的话，他在一年前就指出，我这样的幸福生活未免太过离群索居。我常在日暮时分与他闲谈。他也是诗人，对万物之和谐了然于心。在我们看来，每一种自然现象都是一种直白的语言，我们能读出其中的深意。我们学着通过飞行的姿态去辨认昆虫，根据鸟鸣声判断鸟雀的品种，从女人在沙滩上留下的脚印去揣测她们的美貌。他对冒险也有着强烈的渴望，这种渴望吞噬了他，强大的力量让他无所畏惧。心灵的青春期啊，什么样的荣耀都配不上你！我们兴高采烈，对一切都满怀憧憬，我们试图让欲望消停下来，但任何努力似乎都无济于事。每一个念头都是燃烧的热望，我们感知到的每一种事物都散发着辛辣刺鼻的气味。我们挥霍着璀璨的青春，等待着美好的未来。我们在通向未来的道路上大踏步前进，咀嚼着随手从树篱上采撷的花朵，嘴里弥漫着花蜜的甘甜和花瓣清冽的苦味，这样的道路永远都不会显得太过漫长。

"有时候，当我又经过巴黎时，会抽出几天或者几小时回到当年的寓所，我在那里度过了学而不倦的童年。那里的一切都是寂静的。没有女人的打理，衣物随意散落在家具上。我举着灯在房间里穿行，没有打开已经尘封多年的百叶窗，也没有拉开满是樟脑气味的窗帘。空气凝滞沉闷，弥漫着令人不悦的气味。只有我的卧室还可以住人。整套寓所里最昏暗沉寂的房间是藏书室，书架和书桌上的书籍还原封不动地留在我当年摆放的位置上。有那么几次，我翻开其中几本书，借着灯光读了起来——大白天也要点灯——愉快地忘记了时间；还有几次，我打开钢琴，在记忆深处搜寻往日的曲调，却只能零零碎碎地想起某些片段，竟触动情肠，只好就此罢手。第二天，我已身在距离巴黎很远的地方。

"我有一颗天生多情的心，它像液体一样随处流泻。我觉得任何一种快乐都不是专属于我的，我愿邀请遇到的每一个人与我共享。当只有我一个人享受某种快乐的时候，就只剩下了过分的自傲。

"有人指责我自私，但我却要指责他们愚蠢。我立志不会爱上任何人，无论男人还是女人，但我深爱着感情、友情和爱情。当我对某一个人付出真情时，我不愿因此放弃对其他人所怀有的情感，我只想让自己经历每一次因缘际会，不愿意独占任何人的肉体或心灵。我是徜徉在天地间的流浪者，不会在任何地方停留。任何偏爱在我眼中都是不公平的，我想保留一切可能，我不会把自己献给任何一个人。

"我对每一座城市的记忆，都与一次纵情声色的经历紧密相连。在威尼斯，我参加了假面舞会，中提琴和长笛为游船伴奏，我在船里尝到了爱情的滋味。那条船后面还跟着其他小船，满载年轻女子和各色男人。我们去利多岛上等待日出，然而太阳升起的时候，音乐声已经停息，我们也在疲惫中睡去。但就连虚浮的欢乐留下的疲倦和苏醒时让人感到意兴阑珊的眩晕，都令我满心欢喜。我乘着大海船来到别的港口，与水手一起上岸，走进灯光昏暗的小巷，然而又自责不该有这样的欲望，不该去体验那独一无二的诱惑。于是，我在那些下等的小酒馆附近与水手们分道扬镳，又绕回到宁静的港口。夜色寂寥无声，恍惚间仿佛能听到小巷里传来的喧嚣，奇异而凄恻。我还是更喜欢田野间的珍宝。

"二十五岁那年，我突然明白，或者说我终于说服了自己——我已经足够成熟，可以开始一种全新的生活了。不是因为对旅途感到厌倦，而是因为我的傲气在这种漂泊生活中不受控制地在增长，这实在让我痛苦不堪。

"'为什么？'我对人们说，'你们为什么还要劝我去旅行？路边的花儿又开了，这我当然知道，可是那些花儿现在等待的是你们啊。蜜蜂只会在某一段时间里外出采蜜，之后便要专心酿蜜了。'我又回到了被遗弃的寓所，收拾起散落在桌椅上的衣物，打开窗户冥想。尽管一直四处漂泊，但我还是设法存下了一笔钱，我用这笔钱给自己添置了各种珍奇精巧的物件，比如花瓶和珍本书籍，尤其利用自己在绘画方面的知识，以极低的价格买下了许多画作。在那十五年里，我像个吝啬鬼一样积攒各种东西，竭尽所能地充实自己，不断学习。我学会了好几种古老的语言，可以阅读各种书籍，还学会了好几种乐器；每一天的每一个小时都花在了卓有成效的研究上；我对历史和生物尤其感兴趣，也很懂文学。我结交了许多朋友，我高贵的心灵和出身让我无法拒绝人们的友谊。友谊对于我比其他一切都更加珍贵，但我也并不过分依赖人们的友情。

"五十岁那年，时机到了，我卖掉了所有的东西。凭着我可靠的品位和对每件物品的了解，每一样东西都卖出了好价钱，短短两天之内我就变现了一大笔钱。我把这笔钱全部存了起来，以保障此后的开销。我把所有的东西都卖了，不想留下任何属于我的物品，不要一星半点关于它们的记忆。

"我对陪我在乡间散步的米提尔说：'看这迷人的清晨、晨雾、光明、清新的空气和你脉搏的跳动，关于这一切，如果你懂得完全投入其中的话，你会感受到更加强烈的快乐。你以为自己身在其中，但其实你生命中最美好的一部分已经被束缚住了，它被你的妻子、儿女、书籍和学业占据了，它原本属于神，却被夺走了。就在此刻这一瞬间，你觉得你能强烈地、完全地、直接地体会生命的感动，同时又不忘记生命之外的事物吗？思想的惯性束缚了你，你活在过去，活在未来，却无法凭借本能感受到任何事物。米提尔，我们什么都不是，只是生命的瞬间，所有的过往都已经死去，所有的未来都还没有开始。瞬间啊！米提尔，你明不明白瞬间是一种多么强大的存在？我们生命中的每个瞬间都是不可替代的，希望你能明白，人有时候就应该专注于眼下的瞬间。此时此刻，米提尔，如果你愿意，请不要再牵挂妻子儿女，你在人间将独自面对神明。但你仍然记得他们，你始终背负着你害怕失去的一切——你的全部过往，你的所有爱恋，你在这人间所在意的一切。至于我，我的爱无时无刻不在等待着我，准备给我新的惊喜，我始终都了解它，但从未认出过它。米提尔，不要怀疑，神会以各种形式出现。太过关注其中的任何一种形式，甚至迷恋上这种形式，都会让你闭目塞听。你的专一让我难过，我希望你的感情能更加分散一些。在你关上的每一扇门背后，都有神的存在。所有的神都值得珍爱，神的力量有无数种表现形式。'

"我的收藏变现之后，我租了一艘船，带着三位友人、一组船员和四名学徒水手出海了。我迷上了其中最不英俊的那一个。不过，尽管他的爱抚极尽温柔，我还是更喜欢静静地凝望波涛汹涌的大海。我们在夜色中驶入美丽的港口,有时一整夜都在纵情欢爱,然后在黎明前离开。在威尼斯,我结识了一位貌美无双的交际花,跟她共度了三个夜晚。她是那么美,在她身边,我忘记了其他所有的鱼水之欢。我将自己的船献给了她。

"我在科莫湖畔的一座府邸住了几个月,那里是风度翩翩的音乐家的荟萃之地,还有许多行事低调又能说会道的漂亮女人。我们在夜里闲谈,音乐家们为我们演奏迷人的乐曲。随后,我们走下大理石台阶,最低处的几级台阶已经浸没在水中。我们登上摇曳的游船,在恬静的船桨声中纵情欢爱。有时在归途中仍然睡意昏沉,直到小船靠岸的那一下才猛然惊醒,依偎在我怀中的伊多娜悄然起身,静静地踏上石阶……

"一年之后,我在旺代省,住在一座大宅园里,距离河滩不远。三位诗人与我同住,他们歌颂我的盛情款待,也吟唱有鱼有树的池塘、椴树成荫的道路、孤独的橡树、群生的白蜡以及整座公园的美好布局。秋天来临时,我让人砍倒所有的大树,刻意为住处营造出一派荒凉景象。宅园面目全非,我们一行数人走在荒草蔓生的道路上,谁也认不出它原来的样子。走到哪里都能听到砍伐树木的斧声,横亘在路中间的树枝时常会挂住衣袍。倾倒的树木展现出浓浓秋意,着实美不胜收。如此美轮美奂的景象在我脑海中久久停驻,即使过了很长时间,我都还记得这一幅画面,并从中看到了自己的晚年。

"后来,我在上阿尔卑斯省的一间山地木屋住了一段时间;然后我去了马耳他,先是住在白色宫殿,后来搬到了老城区芬芳的树林边,那里的柠檬像柑橘一样又酸又甜;之后,在达尔马提亚(克罗地亚)我住过四轮敞篷马车;今夜,在这座花园里,在正对着菲耶索莱的佛罗伦萨山岗上,我们欢聚一堂。

"不要再对我说,我的幸福纯属机缘巧合。命运诚然为我提供了许多机遇,但我并没有加以利用。不要以为我的幸福是靠财富实现的,我的心在人世间没有任何牵挂,这颗心一贫如洗,随时可以坦然赴死。我的幸福来自激越的热情。我疯狂地热爱一切,对所有事物都一视同仁。"

二

我们从旋梯登上壮观的平台,居高临下,俯瞰全城。平台仿佛一艘巨大的舰船,停泊在茂密的树海,有时仿佛要起航驶向市区。这个夏天,我时常登上这座幻想中的舰船,站在最高处的甲板上，远离街道的喧嚣，品味夜色中让人沉入冥想的宁静。当我登上高处，喧哗声若隐若现，那些喧闹好像海浪拍打的涛声，此起彼伏，前赴后继，浪头拍打着墙壁。我继续向上走，登上浪潮够不到的高处。在平台的最顶端，再也听不到喧哗与骚动，树叶簌簌作响，黑夜热切呼唤着我。

碧绿的橡树和高大的月桂整齐地排列在林荫道的两侧，与平台一起延伸到天边。平台边缘有几根圆形栏杆悬空伸出去，仿佛是悬在蔚蓝天空下的阳台。我在栏杆边坐下，陶醉在遐想中，以为自己正在扬帆破浪，御风而行。在城市的另一端，深暗的山岗上方，天空是金色的。纤细的树枝从我所在的阳台伸向辉煌的落日，几乎没有树叶的细枝迫不及待地伸进夜色。城市里仿佛腾起一阵烟雾，那是落日余晖下的尘埃在广场的光影交织中浮动。有时候，不知从哪里腾起一团焰火，在这令人迷醉的炎热夜晚，仿佛一声呐喊划破夜空，急速颤抖着划出一个圈，呼啸着绽放出神秘的烟花，繁华散尽后又从高空坠下。我喜欢看焰火，尤其是浅金色的那一种，火星儿缓慢地、漫不经心地洒落开来，如梦似幻，让人以为满天繁星也是骤然绽放的绚丽烟花，甚至会因为星星一直挂在天上没有熄灭而吃惊……要过一阵子，人们才慢慢辨认出每一颗星星所在的星座，这样的体验延长了心醉神迷的状态。

约瑟夫说:"机缘巧合的事件支配着我,我是身不由己。"

梅纳克说:"那就这样吧!我更愿意这样想:一件东西如果不存在,那说明它本来就不应该存在。"

三

今夜,他们为果实而歌唱。梅纳克、阿尔希德等人都聚在一起,伊拉斯唱起歌谣。

石榴之歌

三颗石榴籽
足以让人想起冥后[1]的故事

你还要花费很长时间,
去寻找不可得的灵魂的幸福。
肉体的快乐,感官的快乐,

1.冥后:珀尔塞福涅,希腊神话中农神的女儿。她被冥王带到冥界,因为吃了冥界的石榴而无法返回凡间,石榴由此成为冥后的象征。

谁愿意谴责就谴责好了。
肉体和感官的凄恻快乐啊，
让别人去谴责吧——我可不敢。

热忱的哲人迪迪埃，我真心敬佩你，
信仰让你获得精神上的快乐，
任何其他乐趣都无法与之媲美。
然而不是所有人都拥有这样的热情。

当然，我也同样深爱，
灵魂深处的致命震颤，
心灵的快乐，精神的快乐。
但是今夜，我只为快感放歌。
肉体的快乐，像草地一样温存，
像树篱上的鲜花一样令人难以抗拒，
像原野上的牧草，在顷刻间萎谢或被收割，
像绣线菊哀婉的花朵，轻轻一碰便颓然溃散。

视觉——最让我们烦恼的感官，
一切无法触碰的事物都让我们心伤。
心灵可以轻松捕捉到思想，

双手却抓不住眼睛渴求的目标。
纳桑奈尔,但愿你渴望的都是你能触及的事物,
不要试图追求更完美的占有。
我能感受到的最甜美的快乐,
就是已经得到满足的欲望。

朝阳下笼罩草地的晨雾无比美妙,
阳光无比美妙,
赤脚踩在潮湿的土地上,感觉无比美妙。
在海边看浪花打湿沙滩,
在清泉水中游泳嬉戏,
在阴影中亲吻陌生的嘴唇,
都无比美妙。
但是关于果实——那些果实——纳桑奈尔,我该怎样向你诉说?

唉!你还未曾品尝过那些果实的滋味,
纳桑奈尔,正是这一点令我悲伤。
那些果实口感细腻,甘美多汁,
像血淋淋的鲜肉一样可口,
像滴落的鲜血一样殷红。

享用那些果实并不需要特别的饥渴,
它们盛在金丝编织的果篮里端上来,
咬下第一口,除了苦味儿,平淡得几乎让人反胃;
人世间的任何水果都无法比拟,
有点像熟过了头的番石榴。
果肉成熟得过了头,
在口腔里留下生涩的苦味,
再吃一个才能去除这股苦涩。
唯一能带来些许享受的,
是吮吸汁水的瞬间,
之前平庸的乏味有多令人反感,
这瞬间的快感就有多享受,让人飘飘欲仙。
金丝果篮很快见底,
只剩下最后一个;
我们把它留在那里,
不忍心分而食之。

唉!纳桑奈尔,谁会想到,
它会让我们的嘴唇这样苦热难熬;
喝多少水都无济于事,
对果实的欲望啮噬着我们的心灵。

整整三天,我们在集市上寻觅,
可是季节已经过去。
纳桑奈尔,在我们的旅途中,
哪里还能再找到能撩起欲望的果实?

*

有些水果可以坐在露台上享用,
面朝大海,在夕阳余晖里享用;
有些水果可以点缀在冰淇淋里,
用糖浸透,浇上甜酒,
重重高墙内,私家花园里种着果树;
有些果实刚刚从树上采下,
我们就在夏日的浓荫里吃掉这些果实。

我们摆开一张张小桌,
摇晃树枝,
果实纷纷落下,
惊起昏昏欲睡的果蝇。
我们捡起掉落的果实,装进大碗里,
香气扑鼻,让我们心醉神迷。

有些果实的果皮会给嘴唇染色，
只有口渴难耐才会去吃；
我们在砂石路边发现的果子，
果实透过枝叶闪闪发亮；
多刺的树叶刺伤了摘果子的手，
这果子吃下去也并不怎么解渴。

有些果实可以做成蜜饯，
只需要在阳光下晒干就可以；
有些经过一个冬天仍然酸涩，
咬上一口，一直酸到牙根；
有些果实即使在盛夏也永远冰凉，
我们在小酒馆里品尝，
蹲在草席上分享。

有些果实再也找不到了，
想一想都让人渴望。

*

纳桑奈尔，我和你说说石榴好吗？

在东方的市集上只卖几个铜板,
堆在芦苇席上的石榴突然滚落,
眼看着就滚进了尘埃里;
裸身的孩子跟在后面追赶,
石榴的汁液略有酸味,
像尚未熟透的覆盆子;
石榴的花朵仿佛是蜡做的,
花儿和果实是一样的颜色,
被守护的珍宝,蜂窝状的隔层,五角形的结构,
风味十足。
果皮裂开,石榴籽掉出来,
血红的果粒落进碧蓝的高脚杯里,
金色的汁液,滴在珐琅彩的铜盘中。

现在来为无花果歌唱吧,希米安娜,
为了无花果深藏心中的爱情。

让我为无花果歌唱吧,她说。
无花果美好的爱情深藏于心,
它的花朵开放得隐秘,
在紧闭的花室中喜结连理;

一丝香气也不肯释放,
一丝芬芳都没有散逸,
全都变成了多汁甜美的果实;
花朵其貌不扬,果实妙不可言,
果实就是成熟的花朵。

我已为无花果歌唱,她说,
现在请为所有的花朵歌唱。

当然,伊拉斯应声说,我们还没有唱遍所有的花朵呢。
这就是诗人的天赋——为微不足道的小事动容。
(对我而言,花朵只不过预示着果实而已)
你还没有提到李子呢,
树篱间的黑刺李,
经过一场雪,由酸变甜。

欧洲山楂的颜色像枯叶的栗子,
只有熟到烂掉才能吃,
要在火边烤裂了才能吃。

我还记得有一天,顶着皑皑白雪在山上采到了欧洲越橘。

我不喜欢雪,洛泰尔说,这东西太过神秘,人世间完全容不下它。我讨厌大地一片白茫茫的景象。雪那么冷,把生命拒于千里之外。我知道,白雪覆盖大地,是在保护生命,但生命只有等冰雪消融之后才能露出头来。我倒愿意看到白雪变得脏兮兮,渐渐融化,很快就会变成植物需要的水分。

别这么说,雪也可以很美丽,尤里奇说。只有当过分的爱情将它融化时,雪才是悲伤痛苦的;你太渴望爱情,所以希望看到雪融。雪在傲视一切的时候才是最美的。

别说这个啦,伊拉斯说。当我说"真不错"的时候,你可别说"那就算了吧"。

*

今夜,我们每一个人都唱起歌谣。莫利贝开始歌唱:

著名的情人

苏莱伊卡!为了你,我不再喝酒了,
不再要司酒官为我斟酒。

为了您,格拉纳达的布阿卜迪勒[1],

我为殿下灌溉赫内拉利菲宫的夹竹桃。

巴尔基[2],你从南方来,

让我猜谜语,我便成了苏莱曼[3]。

他玛,我是你的兄弟暗嫩,因为无法拥有你而黯然销魂。[4]

我追着金色的鸽子,

攀上宫殿高处的露台,

从那儿我看见你正要入浴,

拔示巴,看着你裸身走进浴池,

我便成了大卫王,我将杀死你的丈夫,只为得到你。[5]

我曾为你而歌唱,书拉密女,那些歌谣被人们当作信徒的圣歌。

弗娜芮纳[6],我在你怀中,因为爱情而欢叫。

左贝伊德[7],我就是那天早上你在通向广场的路上遇见的奴隶,我头顶着空空如也的篮筐跟在你身后,你往篮

1.布阿卜迪勒:格拉纳达的最后一任摩尔国王。
2.巴尔基:《古兰经》之后,阿拉伯作家称塞伯伊国的王后为巴尔基。
3.苏莱曼一世:奥斯曼帝国苏丹(国王)。
4.他玛和暗嫩:《圣经》中的一对兄妹。哥哥暗嫩爱上了妹妹他玛,忧思成疾。
5.拔示巴和大卫王:《圣经》中的人物。拔示巴,以色列国王大卫下属的妻子。大卫王爱上了拔示巴,杀死了她的丈夫。
6.弗娜芮纳:意大利画家拉斐尔的爱人。
7.左贝伊德:《一千零一夜》中的人物。

子里装满了香橼、柠檬、黄瓜,还有各种各样的香料和甜食。我很讨你喜欢。你听见我说累,便留我过夜,陪伴你的两位姐妹和三位王子。我们轮流讲故事给大家听。轮到我的时候,我说:"左贝伊德,在遇见你之前,我的生命中没有任何可说的故事;现在我还有什么别的故事可说呢?你不就是我的全部生命吗?"

我记得小时候,做梦都想吃《一千零一夜》里经常提到的蜜饯。后来,我吃到过一种加了玫瑰精油的蜜饯。听一位朋友说,荔枝也可以做成蜜饯。

阿里阿德涅,我是忒修斯,[1]
从你生命里经过,又将你丢给酒神,
然后继续走我的路。
欧律狄刻,我的爱人,我是你的俄耳甫斯,[2]
你跟在我身后,让我牵肠挂肚,
然而只是一回眸,便将你离弃在地府。

然后莫普絮斯开始歌唱:

---
1. 阿里阿德涅和忒修斯:希腊神话中的一对情侣。
2. 欧律狄刻和俄耳甫斯:希腊神话中的一对情侣。

不动产之歌

　　河水开始上涨的时候，
　　有人逃向高高的山岗，
　　有人心想：淤泥可以肥田；
　　有人心想：一切都毁了；
　　有人什么也没想。

　　河水泛滥的时候，
　　有的地方还能看见树梢，
　　有的地方还能看见房顶、钟楼和墙壁，
　　还有远处的山丘，
　　有的地方，已经什么都看不见了。

　　有的农民将牲畜赶上山头，
　　有的拖家带口登上小船，
　　有的随身带着金银细软，
　　带着食物、债券和所有值钱的东西，
　　有些什么都没有带。

那些仓皇乘船逃离的人啊,
醒来时已经到了完全陌生的土地。
船已经抵达美洲,
有的到了中国,有的到了秘鲁,
有的再也没有醒来。
然后,古兹曼开始歌唱,我只记下了最后一段:

疾病之歌

在杜姆亚特,我得了热病,
在新加坡,我全身长出白色和紫色的疱疹,
在火地岛,我所有的牙齿都脱落了,
在刚果,凯门鳄咬掉了我的一只脚,
在印度,我得了抑郁症,
全身皮肤发绿,变得透明,
眼睛大了一圈,显得无比忧郁。

我生活在一座光明普照的城池,每一夜都有形形色色的罪恶上演。在距离港口不远的水面上,苦役犯服刑的海船永远漂在那里,永远凑不齐足够的人手。一天早晨,我登上其中一艘扬帆起航,城里的执政官为我调派了四十名桨手。我们航行了整整四天三夜,桨手们为我耗尽了最后一丝力气。他们不停地划桨,对抗无尽的海浪,这单调又累人的活计消磨了他们的精力;他们看起来更英俊了,喜欢沉浸在自己的思绪里,他们对过去的记忆消失在茫茫大海。入夜时分,我们驶进一座运河交错的城市,一座金光闪闪或者灰蒙蒙的城市,如果是座阴霾的城市,我们就叫它阿姆斯特丹;如果是座金色的城市,我们就叫它威尼斯。

四

夜里,在菲耶索莱山脚下的花园里,光线强烈的白日已经结束,但天色还没有黑下来,西米安娜、狄提尔、梅纳克、纳桑奈尔、伊莱娜、阿尔希德和其他一些人聚在一起。这座花园位于佛罗伦萨和菲耶索莱之间,在薄伽丘的时代,庞菲勒和菲亚梅塔就开始在这里放声歌唱了。[1]

天不再那么热了,我们在露台上随便吃了些点心,然后走下林荫道散步,歌唱。我们在月桂和橡树下闲逛,尽情舒展身体,躺在清泉边的草地上,在橡树的荫蔽里好好休息,

---

1.庞菲勒和菲亚梅塔:意大利人文主义作家薄伽丘代表作《十日谈》中的一对情侣。

从白日的疲累中恢复过来。

我经过人群,只听见只言片语,都关于爱情。

艾力法斯说:"所有快感都是好的,都值得体验一番。"

提布尔说:"但不是所有人要享受全部的快感,要懂得取舍。"

更远处,泰朗斯正在向菲德尔和巴希尔讲述:

"我曾爱过一个卡比尔少女,她皮肤黝黑,身体刚刚发育成熟,简直完美。在缠绵悱恻、意乱情迷的欢爱中,她始终保持着一份令人困惑的庄重。她是我白天的烦恼,夜里的快乐。"

西米安娜对伊拉斯说:

"那是一种经常要求别人把自己吃掉的小果子。"

伊拉斯唱道:

"我们有过几次小小的艳遇,就像路边采摘的果实,酸得人龇牙咧嘴,真希望它们有更甜蜜的滋味。"

我们在泉水边的草地上坐了下来。夜莺的歌声在我身边响起,让我出神了好一阵子,没有注意大家在说什么。等我回过神来,听见伊拉斯在说:

"我的每一种感官都有自己的欲望。当我直面自己的内心时,我发现心中的男女仆人都已入席,没有给我留下半点位置。主位已经被终极的欲望占据了,其他欲望也竞相争夺那个好位置。席间争得不可开交,但它们对付起我来倒是团结一致。当我想要靠近餐桌的时候,所有欲望都站起身来,醉醺醺地和我叫板。它们把我从自己的地盘赶了出去,把我拖到外面。我只好出去,给我的欲望采集葡萄。

"欲望啊!美好的欲望,我会给你们带来碾碎的葡萄,我将再次斟满你们硕大的酒杯,但是请让我回到自己的居所吧——让我在你们醉醺醺睡去的时候,再次给自己戴上紫藤萝和常春藤编织的花冠,用这冠冕来遮掩我额前的愁容吧。"

我也醉了,再也听不清他们在说什么。有时,一旦鸟儿沉默下来,夜晚就变得寂静无声,好像只有我独自一人在凝望夜色。有时,仿佛能听到四面八方涌起无数细碎的声音,与我们这群人的交谈混在一起:

我们也一样,我们也一样啊,我们也经历过灵魂的愁云惨雾。

种种欲望纠缠,让我们无法安心做事。

这个夏天,我所有的欲望都干渴难耐,
仿佛刚刚穿越了整片沙漠。

但我拒绝为它们解渴,

因为我知道,喝多了对它们并不好。

(有的葡萄在遗忘中沉睡;有的葡萄上有蜜蜂在采蜜;有的葡萄仿佛留住了阳光。)

某一种欲望,夜夜坐在我的床头,

清晨一睁眼就看到它在那里,

它彻夜守护我,直到天明。

我走了很远的路,想要让欲望止息,

然而却只是累坏了自己的身体。

此刻,克利奥达丽斯开始歌唱:

我的所有欲望

我不知道昨夜做了什么梦,

一醒来就感到欲望的饥渴,

仿佛在我睡着的时候,欲望穿越了整片沙漠。

在欲望与烦恼之间,

徘徊不定的是焦虑。

欲望啊!难道你们永远不会消停吗?

啊！一阵小小的快感来临！
但也很快就会逝去！
可惜可叹啊，我懂得怎样延长自己的痛苦，却不知道如何将快感留住。

在欲望与烦恼之间，徘徊不定的是焦虑，
人性充斥着疾病，
在床上翻来覆去想要入睡，
想要休息，却睡意全无。

我们的欲望穿越了许多个世界，
永远不会感到满足。
在对休息的渴望和快感的渴望之间，
整个大自然都在痛苦辗转。
在空荡荡的公寓里，
我们绝望地呼喊。

我们登上高塔，
看见的却只有黑夜。

沿着干涸的陡峭河岸，

我们像野狗一样哀嚎。

在奥雷斯山,我们像狮子一样怒吼,
我们像骆驼一样,咀嚼盐湖里的灰藻,吮吸空心茎秆里的汁液。
因为沙漠里极度缺水。

我们像燕鸥一样,飞越无处觅食的宽阔海洋。
我们像蝗虫一样,为了填饱肚子摧毁一切。
我们像海藻一样,在暴雨中随波漂荡。
我们像柳絮一样,被风卷起,漫天飞扬。

啊,我真希望平静地死去,可以永远安息。希望我的欲望最终油尽灯枯,再也无法转世轮回。欲望啊!我拖着你和我一起上路,让你在田野间饱受折磨,在大城市里晕头转向,我灌醉了你,却没有让你解渴;我让你沐浴在清朗的月光里,带着你四处闲逛,在海浪的摇篮上轻轻地摇晃着你,想让你在涛声中睡去……欲望啊!欲望!我拿你有什么办法?你到底想怎么样?难道你真的永远不会消停吗?

月亮从橡树的枝叶间升起,与往常一样,千篇一律,但也和平时一样美。大家还在三五成群地聊着天,我只能听见断断续续的话语。他们每一个人好像都在谈论爱情,完全不在意是否真的有人在听。

后来,谈话声渐渐稀落下来,月亮又消失在更茂密的橡树林中。大家一个挨一个躺在树叶堆里,最后几个男男女女还在说个不停,根本不知道他们在说什么,只觉得那些低语好像和青苔上流水的窃窃私语混在一起,在我们的耳畔浮动。

西米安娜站起身来,用常春藤编了一个花冠。我嗅到了新摘下的树叶的清香。伊莱娜解开发辫,秀发垂落在裙袍上。拉谢尔起身采了些潮湿的青苔,敷在眼睛上,准备睡觉了。

月亮的清辉也消失不见。我舒展四肢躺在地上,心醉神迷,恍惚间甚至有些感伤。我没有和大家谈起爱情。我等待着天亮后再次出发,走上随便哪一条路。我已神思倦怠,早就睡意昏沉。睡了几个小时,拂晓时分,我又上路了。

篇章五

人间大地

一

诺曼底多雨的土地，已被驯化的乡野……

你说："我们将在春天占有彼此。在某片我熟悉的树丛里，在某个长满青苔的隐秘处所，在一天中的某个时刻，空气中有馥郁的香气，去年歌唱的鸟儿又唱起婉转的歌谣。"

今年的春天来得格外晚，春寒料峭，倒也是格调不同的乐趣。

长夏让人无精打采，萎靡不振，而你还在等待那个不会再来的女子。你说："等到秋天就好了，秋天会补偿这一切，秋天会排解我的忧愁。我想她大概是不会来了，但树林里的叶子还是会变红的。在天气温和的日子里，我坐在池塘边,去年那儿落下了许多枯叶。我就坐在那里,等着夜幕降临……有时候,我在日暮时分顺着山坡走下去,一直到林地边缘,那儿还能看到最后一缕夕阳。但是今年秋天雨水格外多,树木朽烂,看不出几分秋色。池塘里的水溢出来,也无法去岸边闲坐。"

*

这一年,我在田地里忙个不停。看着人们劳动和收获,眼见着秋日一天天过去。这一季与往年不同,温暖湿润,阴雨连绵。九月末的一天,一场可怕的狂风呼啸了整整十二个小时,将所有树冠的一侧刮得干干净净。没过多久,所剩无几的树叶被染成了金色。我的生活远离人群,在我看来,这件小事和任何大事件一样重要,值得一提。

*

日子叠着日子。白天与夜晚更替。

有些早晨,我在黎明前醒来,头脑滞重昏沉。秋天的朦胧清晨啊!灵魂还没歇够就醒来了,刚刚过去的焦灼的夜晚让它疲惫不堪。我只想再睡过去,尝一尝死亡的滋味。明天,我将离开这萧瑟的田园,草地上已经覆满寒霜。野狗在地里埋下面包和骨头,我和它们一样,知道该去哪里寻找不为人知的快乐。我知道,在溪流转弯处的洼地,还能感受到一丝暖风;在木栅栏外面,有一棵叶子还未落尽的金色椴树;在路上碰到铁匠的小儿子去上学,可以对他笑一笑,摸摸他的脑袋;远处传来浓重的落叶的气味;在茅屋边见到一个女人,可以对她微笑,亲吻她身边的孩子;秋日里,铁匠锻铁的声音传得很远很远……

"就这些了吗?"

"嗨,还是让我们入睡吧!"

"这些根本不算什么。"

"我也已经厌倦了期待……"

*

在秋日的熹微晨光里出发,实在是糟糕透顶。灵魂和身体都在战栗。在眩晕中找寻着还能带走的东西。"梅纳克,动身出发这件事,究竟有哪一点让你如此迷恋?"他答道:"感觉像临死之前。"

当然,我不是在找寻别的什么东西,只是在看自己丢下的并非不可或缺的一切。啊!纳桑奈尔,我们还能丢掉多少东西啊!灵魂永远都不可能彻底抛下一切,让自己成为空荡荡的容器来盛放爱意。爱、期待和希望,才是我们唯一的财富。

啊!所有那些我们可能会去生活的远方,都是幸福自由生长的地方!

辛勤劳动的农场,数不尽的农活,劳累,无比安宁的睡眠……

走吧!去往随便什么地方!

二

公共马车上的旅行

我丢下了在城里穿的衣服,那身衣服太过庄重。

*

他坐在我身旁,紧挨着我。我感觉着他的心跳,觉得这是一个鲜活的生命。他小小身体的温度炙烤着我。他靠在我肩上睡着了,我听见他的呼吸,温热的气息让我心神不宁，但我不敢动，生怕惊醒了他。他小巧的脑袋随着马车的颠簸不停摇晃，车颠得厉害，我们紧紧挤在一起。其他人也睡了，用睡眠打发漫漫长夜。

诚然，我经历过爱情，还有许多别的感情。但是对于当时的那种温柔的情感，我却不知道该说些什么。

诚然，我经历过爱情。

为了体验一切游荡的事物，我也成了四处游荡的人。我对所有不知该去何处取暖的人都满怀柔情，也热情地眷恋着所有浪迹天涯的人。

我还记得四年前，在一座小城度过了一个黄昏，现在我又来到了这座城市。那时和现在一样，也是秋天，同样也是星期天之外的某一天，最热的时辰已经过去了。

我记得自己那时也和现在一样在街上闲逛，一直走到城市边缘。那里有一座花园，从露台上可以俯瞰这块美丽的土地。

我走着和当时同样的路，认出了所有的景物。

我走过当年的足迹，重温着旧日的情绪……这里有一条石凳，我曾在上面坐过。

"就是这儿。"

"我曾坐在这里读书。"

"什么书?"

"啊,维吉尔[1]的书。"

"我曾听见洗衣女工捶打衣服的声音。"

"现在也能听见。"

"那天天气很好。"

"就像今天一样。"

孩子们放学了,我记得那天也是。街上人来人往,也和当时一样。那天是在太阳落山的时候,现在恰好也是傍晚。白日里的欢歌就要止息……

就是这样。

安吉尔说:"但是这些还不够写成诗啊……"

我答道:"那就别管它啦。"

*

我们曾在天亮之前匆匆起身。

驿站的马车夫在院子里给马儿套上鞍辔。

一桶桶清水冲洗路面。不远处传来压水泵的声响。

思虑太过,无法入睡,早晨起来头脑昏沉。又要离开

1.维吉尔:古罗马诗人,代表作有《牧歌》《农事诗》《埃涅阿斯纪》等。

这地方，告别这狭小的卧房。有那么一小会儿，我的头曾靠在这里。我感受过，思考过，彻夜未眠。让我死去吧！随便死在哪里（既然死了，就无所谓在哪里了，反正已经不在了）。然而我活着。我在这里。

离开了那么多客房！动身出发总是那么美妙，我可不希望分离让人悲伤。一想到此时此刻我所拥有的，总是能令我心潮澎湃。

让我们再在这窗边靠一会儿吧……很快就要出发了。我总是希望在动身前能够凭栏远眺，好让我在这天色破晓的时刻，再遥望一眼充满无限可能的幸福。

这一迷人的瞬间，在无边的蔚蓝天空里激起了黎明的浪花。

马车已经备好。出发吧！让我刚才的所思所想和我一起消逝在疲于奔命的路途中吧……

马车经过森林。温度不同的区域释放出不同的香气。温暖的地方有泥土的气味；寒冷的地方有腐叶的气味。我闭上眼睛，嗅一嗅再睁开。没错，那里是落叶，这里是犁过的土地……

斯特拉斯堡——

非凡的大教堂啊！你的塔楼高耸入云！站在塔顶上，

好像身在热气球的篮筐里，可以看见房顶上的鹳鸟，它们的脚很长，一本正经，有些不自然。我挪不开眼睛——这景象实在难得一见。

客栈——
　　夜里，我睡在谷仓深处；
　　清晨，车夫在干草堆里找到了我。

客栈——
　　……
　　喝下第三杯樱桃酒，一股热血冲上脑门；
　　喝下第四杯，有了些许醉意，感觉所有物体都离我更近了，好像都在我的掌握之中；
　　喝下第五杯，我所在的房间和整个世界似乎都更加壮丽了，我那恢弘的灵魂得以更加自由地变幻；
　　喝下第六杯，觉得有些累了，我睡了。
　　（所有感官的快乐都是不完美的，或许都是假象。）

客栈——
　　我品尝过客栈的烈酒，回想起来那酒带着一股紫罗兰的味道，能让人在正午酣睡不醒。我也体验过夜色中的醉意,在思想的重压下,整个大地似乎都在晃动。

纳桑奈尔,我想和你谈谈醉意。

纳桑奈尔,最普通的温饱往往足以让我沉醉,因为在满足之前,我已经醉倒在欲望里。在旅途中,我首先找寻的并不是客栈,而是我自己的饥饿感。

大清早起身赶路,肚子里没有食物,便会产生空腹的醉意,此时饥饿感带来的不是食欲,而是眩晕。从日出走到日落,干渴也会产生醉意。

此时,粗茶淡饭在我眼里也成了穷奢极欲的珍馐盛馔。我满怀激情地体会着生命浓烈的质感。快意占据了所有的感官,每一样带来感官刺激的物品都好像是可以触摸的具象的幸福。

我体会过那种让思想轻微扭曲的醉意。记得有一天,我的思绪好像圆筒望远镜一样可以一节一节地抽出来,每一节好像都细得不能再细,然而又能从里面抽出更细的一节。记得另一天,思绪变得圆滚滚的,只能任由它们滚来滚去。记得有一天,思绪像橡皮一样有弹性,每一种想法都陆续变成其他形状,互相变来变去。有些时候,两股思绪平行游走,无限靠近又不相交,就这样直到永远。

我还体验过一种醉意,让人觉得自己比真实的自我更好,更伟大,更值得尊敬,更高尚和更富有。

秋天——

平原上,农民正忙着耕地。暮色中,田埂上烟尘浮动。疲惫的马儿步子越来越慢。每一场日暮都让我沉醉,永远像是第一次闻到泥土的气味。那时,我喜欢坐在田边土坡上的落叶堆里,听着劳动的号子,看着精疲力竭的太阳在平原的尽头慢慢睡去。

潮湿的季节,诺曼底的大地细雨连绵……

漫步。荒芜但并不崎岖的旷野。海边的悬崖。森林。结冰的溪流。阴影里的休憩和闲谈。红棕色的蕨类植物。

我们心想:"牧场啊,我们在旅途中怎么没遇见呢?我们真想从牧场上打马而过。"(牧场周围被森林环绕。)

日暮时的漫步。

夜色中的漫步。

漫步——

活着,这给我带来了无穷的快感。真希望能体验所有形式的生命:鱼类的生命,植物的生命。在所有的感官享受中,我最想要的,是触碰的快感。

一棵孤独的树，伫立在原野上，在秋季冷雨中，树叶纷纷掉落。我想，在泥土深处，雨水早已浸透了它的根系。

在我这样的年纪，我贪恋赤脚站在潮湿的泥土里、踩在水坑里、踏在清凉或温热的泥浆里的感觉。我知道自己为什么这样喜欢水，尤其喜欢潮湿的事物：因为水比空气更能让我们在顷刻间感受到温度的差别。我热爱秋天里潮湿的微风，诺曼底多雨的土地。

*

拉洛克小镇——

四轮货车满载而归，运回收获的粮食，粮食散发着香气。

谷仓里堆满了干草。

沉甸甸的大车啊，在路堤上磕磕碰碰，在车辙沟里颠簸；有多少次啊，我和翻晒草料的臭小子们躺在干草堆上，大车把我们从田里带回来！

啊，我什么时候才能再次躺在草垛上等待夜色降临？

夜色降临了。我们抵达了谷仓——在农场的院落里，最后一片落日余晖尚未消散。

三

农场——

　　农夫们!

　　农夫啊,为你的农场歌唱吧!

　　我想在这谷仓旁边歇一歇脚,干草垛的气味又让我做起了夏天的梦。

　　带上你的钥匙,为我打开一扇又一扇门。

　　打开第一扇门,是谷仓:

　　啊!时光是多么忠诚!我为什么不在谷仓里温热的干草垛上好好休息?何必非要去浪迹天涯,怀着满腔热情去征服焦渴的沙漠呢?在这里,我可以听到收割时唱起的歌谣,看到四轮货车载着沉甸甸的收获,载着无比珍贵的食粮归来,那番景象让我平静而安宁,仿佛欲望提出的种种问题终于遇见了期待已久的答复。我再也不用去平原上苦苦寻觅了,在这里就可以从容不迫地满足我所有的欲望。

　　有开怀大笑的时候,也有一笑而过的时候。

　　没错,有开怀大笑的时候,也就有回忆那些笑声的时候。

毫无疑问，纳桑奈尔，曾经是我本人，是我而不是任何别人，看着这同一片草地欣欣向荣，现在它们都已枯萎，散发着干草的气味，同所有被割断的东西一样——我曾眼看着它们蓬勃生长，绿油油，金灿灿，在夜风中轻轻摇曳。啊！要是能回到那时候该多好，躺在草场边缘……在高高的草地里迎接我们的爱情。

小兽在草叶下跑来跑去，每一条羊肠小道都是它的大街。我俯下身子，凑近地面观察，仔细看着每一片草叶和每一朵花，看见了成群的小昆虫。

我懂得通过草叶的绿意和花朵的质感来判断土壤的潮湿程度，比如这片草坪，开满了星星点点的小雏菊。而我们最喜欢的草场，也是我们曾经欢爱的地方，开满了洁白的伞状花朵，有的小巧玲珑，有的宽大厚重，比如牛防风。到了夜里，草地的颜色显得更深，白色的花朵好似闪光的水母一般漂浮在草地上，自由自在，挣脱了茎秆，在升腾的夜雾中浮动。

*

打开第二扇门，是粮仓：

我要歌颂这成堆的谷粒。谷物；金棕色的麦子；期待中的财富；无比珍贵的食粮。

让面包被吃光吧！我已经有了粮仓的钥匙。成堆的谷粒啊，你们就在这里。你们不会在我满足口腹之欲前就被别人吃光吧？田里有鸟儿，粮仓里有老鼠，还有围坐桌边的所有穷苦的人……他们剩下的粮食能让我填饱肚子吗？

我手里还抓着一小把谷粒，等播种的季节来临，就将它们撒进肥沃的田地。一粒种子又能生出千百粒……

食粮啊，食粮！我的饥饿感越强，你就越是丰盛。

麦子啊，你刚长出来的时候，就像青青绿草，告诉我，等到茎秆被压弯了腰的时候，你能背起多少金黄的麦穗？

金灿灿的麦秆、麦芽和麦捆——来自我当初播撒的一小把种子。

*

打开第三扇门，是做奶酪的房间：

别动！别出声。乳清不断从柳条筐的缝隙里滴出，奶酪逐渐浓缩凝固，然后被放进金属模具里，压上石块定型。七月最热的那几天，牛奶凝结时散发的气味显得更加清爽，也更加寡淡。不，不是寡淡，而是一丝清浅的酸味在空气中暗自浮动，要深吸一口气才能在鼻腔里捕捉到它，那更像是味道而不是气味。

搅拌牛奶用的桶非常洁净。小巧的黄油面包整齐摆放在卷心菜叶上。农妇的手通红。窗户永远开着，不过装了金属丝网，以防猫和苍蝇跑进屋里。

敞口大碗排成一排，碗中的牛奶越来越浓缩，越来越黄，直到凝结成奶油。奶油浮在表面，膨胀，微微起皱，与乳清分离开来。等到奶油完全析出，就可以捞出来了……（不过，纳桑奈尔，我只能这么简单地和你说一说。我有个务农的朋友，说起这一套来头头是道，他会向我讲解每一样东西的用途，还会告诉我乳清也是不能丢掉的好东西。）

（在诺曼底，乳清都用来喂猪，但我觉得似乎可以派上更好的用场。）

*

打开第四扇门，是牛棚：

牛棚里热得人受不了，奶牛却觉得很舒服。啊！真想回到过去，和农场的孩子们一起在牛腿间跑来跑去，少年汗涔涔的身体散发出美好的气味。我们在草料架的角落里翻找母鸡下的蛋，一连好几个小时看着奶牛，看着它们拉屎，牛粪啪嗒一声砸在地上，我们还打赌哪一头奶牛会先拉屎。有一天，我惊恐万分地逃出牛棚，因为我以为一头奶牛马上就要生小牛了……

*

打开第五扇门，是储藏水果的房间：

阳光照耀的窗前，细绳上挂着一串串葡萄。每一颗葡萄都在冥想，在沉默中慢慢熟透，悄悄地咀嚼着阳光，酝酿着飘香的甜蜜。

堆成小山的梨和苹果。水果啊！我吃下鲜美多汁的果肉，把果核吐在地里。让它们发芽吧！那样又能给我们带来新的快乐。

小巧的杏仁里，蕴藏着奇迹；果仁里，浓缩的春意在沉睡中等待。有的种子诞生于两个夏天之间，有的种子穿越了整个夏日。

纳桑奈尔，想想种子发芽的过程是多么痛苦（新芽为了从种子里破壳而出，付出的努力可谓惊天动地）。

不过此刻更让我们叹为观止的是：每一次受精都伴随着快感。果实把自己包裹在甘美的果肉里，一切生命的延续都裹藏在感官的快乐中。

果肉,是可以品尝的爱的证据。

*

打开第六扇门,是榨房:

啊!我现在就想躺在暑气渐弱的棚架下面——躺在你身旁,我们一起躺在等待压榨的和已经压榨过的酸苹果中间。啊,书拉密女啊!让我们来试一试,躺在潮湿的苹果上,在弥漫着苹果香甜气息的氛围里,肉体的快感是不是会持续得更久,是不是不再那样转瞬即逝……

石轮滚动的声响,回荡在我的记忆里。

*

打开第七扇门,是蒸馏坊:

光线模糊,炉火熊熊,机器在暗影中,铜质容器的光泽闪闪发亮。

蒸馏器滴滤出神秘的液体,被小心翼翼地收集起来(我曾见过人们用同样的方法收集松脂、野樱桃树的树胶和柔韧的无花果树的白色汁液,还有削去棕榈树尖后流出的树汁)。细巧的玻璃瓶啊,醉人的海浪凝聚在你体内,波涛汹涌。精油啊,你荟萃了果实和花朵中最美妙、最强烈、最芳香的精华。

蒸馏器渗出一滴滴金色的液体(有些比浓缩的樱桃汁滋味更浓厚,有些像牧场一样气味芬芳)。纳桑奈尔!那真是奇迹般的景象,好像整个春天都浓缩在这里……让我在迷醉中将其还原为一幅幅戏剧化的场景吧。将我关在这幽暗的房间里,让我痛饮一番吧,我很快就会不知自己身在何处。让我痛饮这天地精华吧,我将在幻象中再次看见所有心向往之的远方,我的心灵也将因此获得解脱。

*

打开第八扇门,是车库:

啊!我打碎了我的金杯,一下子清醒了。迷醉从来都只是幸福的替代品而已。马车随时准备上路,逃往任何地方。在冰天雪地里,我把自己的欲望套在雪橇上。

纳桑奈尔,我们将遇到千万种事物,我们将陆续抵达一切。马鞍两边的皮套里放着金币;行李箱里装着让人期盼的裘皮。车轮啊,逃亡路上,谁还会计算你转了多少圈?马车啊,你就是轻便的屋宅,承载着我们飘忽不定的快乐，任我们心血来潮驱赶着你亡命天涯！耕犁啊，让牛儿拉着你在我们的田地里漫步吧，像尖刀一样划开土地吧！犁铧经久不用，就会在货仓里生锈，所有的工具都是这样……生命中所有的潜能啊，都在痛苦中等待——等着被某一种欲望激活，在欲望的驱使下去探寻未知的美丽天地！

让我们起身疾驰，在身后扬起一骑雪尘吧！我把所有的欲望都套在雪橇上。

*

打开第九扇门，是辽阔的原野。

篇章六

欲望之旅

林叩斯

生而见其然
幸而知其所以然
《浮士德》——歌德

神明的戒律曾让我的灵魂痛苦不堪。
神明的戒律——是十诫还是二十诫?
清规戒律约束森严,
是否还要用教条框束人们,不断增添新的忌讳?
我对世上一切美好的事物都心怀渴望,
是否要因此接受新的惩罚?

神明的戒律曾让我的灵魂患病,
将我唯一的解药圈禁在四面高墙之间。
……
但是如今,纳桑奈尔,
对人生的种种错误,
我心中只有悲悯。

*

纳桑奈尔,我想让你明白,世间一切事物都有神性,都是自然的。
纳桑奈尔,我想和你谈谈这一切。

年轻的牧羊人啊,我将没有铲头的牧羊杆交到你手中,然后我们一起赶着无主的羊群,慢悠悠地,走向所有的地方。
牧人啊,我将指引你的欲望,带领它们走向人世间一切美好的事物。

纳桑奈尔,我想要你唇齿滚烫,燃起新的渴望,然后将一满杯清水送到你唇边。我已经品尝过了,我知道哪里有解渴的甘泉。

纳桑奈尔，我想和你谈谈那些清泉。

岩缝间奔涌而出的泉水；

冰川下渗出的泉水；

有的泉水呈现出通透的蓝色，看起来格外深邃。

（叙拉古的西亚涅泉正是因此闻名。）

天空般湛蓝的泉水，树木掩映的泉眼，水花在纸莎草间绽放。我们从小舟上俯身往下看，天蓝色的鱼儿在水里游，水底是蓝宝石一样的鹅卵石。

在宰格万（Zaghouan，突尼斯东北省）的水泽仙女洞里，飞溅的泉水当年灌溉了迦太基的土地。

在沃克吕兹，丰沛的泉水从地下涌出，仿佛流经了漫长的岁月，几乎已经成了一条江河，人们可以从地下溯流而上。水流穿过一座座石窟，浸没在黑暗中。火把的光亮摇动着，被黑暗压得透不过气。继续往前走，来到一处无比幽暗的地方，让人不禁心想：不，不能再往前走了。

有的泉水含铁，给石头染上绚丽斑斓的色彩。

有的泉水含硫，乍看之下，苍绿滚烫的泉水仿佛含有剧毒。可是，纳桑奈尔，在这样的温泉里沐浴，皮肤会变得无比柔嫩光滑，出浴之后依然保持着美妙绝伦的触感。

有的泉水入夜后会升腾起一片轻雾，整夜飘荡在泉水边，到清晨日出时分才慢慢消散。

有的泉水只是涓涓细流，悄无声息地消失在厚厚的青苔和灯心草丛里。

有的泉水边，洗衣女工在浣洗衣物，泉水推动石磨转动。

不竭的源流啊，泉水喷涌而出。泉眼下涌动着丰沛的水流。隐秘的水源，袒露的浅潭。顽石终将崩裂，山岭终将草木丛生，贫瘠的国度终将欣欣向荣，苦涩的荒漠终将鲜花盛开。

大地的泉涌远远超出了我们的渴求。

水不断循环更新，蒸腾的气体化为云雾，又从天上落下。

平原缺水的时候，就会从高山上啜饮，或者通过地下河道将山中水源引向平原。格拉纳达的灌溉系统令人叹为观止，还有水库和水泽仙女洞。毫无疑问，泉水之美与众不同，沐浴其中更是无上乐事。泉池啊，泉池，我们出浴的时候，身体如此洁净。

沐于晨曦，如彼朝阳。
沐于夜露，如彼朗月。
沐于甘泉，清波奔流。

洁身净体,解我烦忧。

泉水之美与众不同,从地下渗出的清水美得异乎寻常:仿佛从水晶中流过,清澈透明,喝起来宛如玉液琼浆;像空气一样淡薄,无色无味,几乎感觉不到它的存在,只能通过那无比的清凉来感知它,就像探寻深藏不露的高贵品德一样。纳桑奈尔,你是否明白,人们为什么渴望畅饮这样的泉水?

我能感受到的最甜美的快乐,就是已经得到满足的欲望。

纳桑奈尔,现在我将为你吟唱一首:

得到满足的欲望

> 我们渴望端起斟满的酒杯,
> 更甚于渴望亲吻。
> 嘴唇贴近斟满的酒杯,一饮而尽。
> 我能感受到的最甜美的快乐,
> 就是已经得到满足的欲望。

*

人们压榨新鲜的水果做饮料,
柑橘、橙子和柠檬,
又酸又甜,
喝下去神清气爽。

我曾用精巧的玻璃杯喝过饮料,
玻璃薄得好像嘴唇一碰,还没触及牙齿便会破碎;
杯中的饮料贴着嘴唇,
因而显得更加醇美;
我曾用柔软的大口杯喝过酒,
双手挤一挤杯子,
便能将酒液送到唇边。

我曾在太阳下暴走一整天,在入夜时分到达客栈,
用粗糙的玻璃杯喝下甜腻的糖浆;
有时候,罐中的水冰凉,
让我更敏锐地感受到夜色的阴凉;
我曾喝过羊皮袋里装的水,
还带着浓重的羊皮气味。

我曾俯身趴在溪流边啜饮，
真想整个人都泡在水里，
赤裸的双臂伸进鲜活的水流，
一直到底，触碰到洁白的卵石，
清爽的感觉从双肩蔓延至全身。

牧人手捧清水痛饮，
我教他们用麦秆做吸管；
有时我走在炎炎烈日下，
走在夏天最燥热的时节里，
只为寻找最强烈的干渴，
再让干渴消弭于无形。

我的朋友，你还记得那个夜晚吗？那是场糟糕的旅行，那一夜我们大汗淋漓地醒来，起身去喝陶罐里的冰水。

妇人们走下台阶，到蓄水池和暗井边打水。那是从未见过天光的水，带着阴影的滋味，饱含空气的滋味。

水质异乎寻常，透明。但我倒希望它不要那么清澈，最好是绿色的，这样看起来更加沁人心脾，似乎略带茴香的气息。

我能感受到的最甜美的快乐，就是已经得到满足的欲望。

还不够！还有满天的繁星、深海的珍珠、海岸边的洁白羽毛，我都还没有一一数清楚呢。

还有树叶的低语，黎明的微笑，盛夏的大笑。现在我还有什么可说的呢？难道因为我沉默不语，你们就觉得我的心灵也沉寂了吗？

碧蓝天空下的田野啊！

浸润在蜜色中的田野啊！

蜜蜂飞向田野，然后满载而归……

我见过晦暗的港口，晨光隐没在无数桅杆和船帆之后，小船一清早就悄悄出发，在巨大舰艇的船身之间穿行。人们弯下身子，从绷直的缆绳间穿过。

夜色中，我看见数不清的炮舰起航，驶入夜的深处，驶向黎明。

*

小路上的砾石，没有珍珠的莹亮，也没有水波的流光，但也一样光彩熠熠。在我行进的山间小路上，砾石在阳光下呈现出柔和的色调。

但是纳桑奈尔，我该如何向你描述那片磷光呢？在我印象中，磷这种物质似乎无比疏松，遵循任何物理法则，格外顺从，透明。你没有见过那座穆斯林的城市，城墙在夕照下变成红色，在黑夜里微微发出亮光。白天，光线倾泻进高墙深处，正午时分，墙体像反光的金属一样晃眼，阳光都凝聚在墙上，到了夜里似乎又将光线释放出来。城市啊，你仿佛是透明的，从山丘上看去，在夜色的包围中，你灯火通明，像晶莹的灯盏，像一颗笃信宗教的虔诚的心。

城市仿佛多孔的海绵，吸收着光亮，光辉像牛奶一样散逸在四周的空气里。

道路上的白色砾石在夜色中就像蕴藏光芒的花蕾；荒原上，欧石楠在暮色中绽开了纯白的花朵；清真寺里的大理石砖；海边石窟中的海葵花……所有洁白的事物都是储存起来的光。

我懂得如何通过事物吸收光的能力来辨识它们。有些会在白昼吸收阳光，然后像电池一样在夜里释放光芒。我曾在正午时分见过平原上水流奔涌，跃入粗粝的岩石下方，水花飞溅，金光闪闪。

但是，纳桑奈尔，在这里我只想和你谈谈具体的事物，而不是无形的真理，就像奇妙的海藻一样，一旦从水里捞出来便失去了色彩。

变化无穷的景观不断提醒我们,我们还远没有见识到其中所蕴含的无数种幸福、冥想和哀伤。我还记得小时候,在那些悲伤的日子里,当我走进布列塔尼的荒野,有时悲伤会突然消失不见,似乎融入景色之中——当悲伤成了眼前景致的一部分,我便可以仔细地观察欣赏它了。

永无止境的新鲜事物。

有人做了一件再普通不过的事,然后说道:

"我想这件事情从来没有人做过,没有人想过,也没有人提起过。"突然之间,一切都变得纯洁无瑕。(世界的全部过往都蕴含在其中。)

*

七月二十日,凌晨两点。

起床了。我在起床时喊道:"绝对不能让神等待我们。"无论我们起得多早,总能看到生命在有条不紊地运转。生活睡得比我们早,不像我们,要让他人等待。

曙光,是最珍贵的乐事。

春天,是夏日前的曙光。
曙光,是每一日的春天。
天边挂起彩虹的时候,
我们还没有起身。
然而对于月亮来说,
彩虹来得永远不会太早,
或者说永远不算太晚……

睡眠。

我体验过夏日中午的睡意,正午的睡眠。在大清早起身,劳作了一上午,精疲力竭之后的睡眠。

午后两点,孩子们睡下了,空气安静得让人无法呼吸,或许可以来点音乐。空气中弥漫着各种物体的气味——印花窗帘,风信子,郁金香,洗净的衣物。

下午五点,大汗淋漓地醒来,心脏怦怦乱跳,身体微微战栗,头重脚轻,却觉得身心舒泰。全身放松,毛孔张开,似乎可以更敏锐地感知周围的一切事物。日暮西沉,将草坪染成金色,午睡的人在一天快要结束时才睁开眼睛。入夜时分的思绪啊,像甜酒一样动人!花朵在夜色中开放。用余温尚存的水清洗额头,然后出门去……路边一排排果树散发着清香,有围墙的花园沐浴在夕阳里。路上,有从牧场归来的畜群。不必再看落日了——周围的景致已经足够美好。

回去吧,回到灯下继续工作。

*

纳桑奈尔,我该怎样对你诉说那些床榻呢?

我曾睡在柴草垛上,睡在麦田的犁沟里,睡在阳光中的草地上,也曾在堆放干草的草料房里过夜。有时我就在树枝之间挂起吊床睡觉,有时在波浪的摇晃中沉沉睡去,有时干脆睡在船甲板上,或者睡在船舱里窄小的床垫上,对着独眼一般呆滞的舷窗发呆。有些卧榻上,风流成性的姑娘等待着我;另一些卧榻上,我在等待年轻漂亮的男孩。有些床铺柔软得就像一曲动人的歌谣,仿佛与我的肉体一样为爱欲而生。我也曾睡过军营的板床,简直是遭罪。我还曾在疾驰的列车上睡着,醒来后也甩不开晃动的感觉。

纳桑奈尔,入睡前的准备工作是美妙的,从睡梦中醒来的感觉也很棒。但是,我从来没有过真正美妙的睡眠。我只喜欢睡眠中的梦境,睡眠再香甜,也比不过醒来的时刻。

我习惯在睡觉的时候打开正对着床的窗户，感觉就像睡在天幕下。在七月酷热难耐的夜晚，我干脆全身赤裸，睡在月光里，等黎明时分乌鸫的鸣唱将我唤醒，然后全身泡在冷水中，为早早开始新的一天而洋洋自得。在汝拉山脉，我住处的窗户正对着一道山谷。冬天，山谷很快就被白雪填满。我躺在床上就能看到林地的边缘，渡鸦和乌鸦在林间飞来飞去。每天一大早唤醒我的，是牛群叮当作响的铃铛声，我住的小屋旁就有一眼清泉，牧人会带牛群来喝水。这一切都还历历在目。

我喜欢布列塔尼客栈里床单粗糙的触感，洗干净的床单闻起来很舒服。在贝尔岛上，我被水手的号子生生唤醒，起身跑到窗边，正好看见一艘艘小船远去。然后，我走向海边。

这世上有许多美轮美奂的住处，但我不愿在任何一处长留，害怕画地为牢，不愿作茧自缚。那些住处就像幽禁灵魂的囚笼。我要流浪者的生活，放牧者的生活。（纳桑奈尔，我把牧羊杆交到你手中，现在轮到你来照看我的羊群了。我乏了。你现在就出发吧，前面有广阔的天地等你去探索，永远吃不饱的羊群总是咩咩叫着，寻找新的草场。）

纳桑奈尔,有时候,某些特别的住所会羁绊住我的脚步。有的是林中小屋,有的矗立在湖水边,有的格外宽敞。但我总是很快习以为常,不再注意那些新奇之处,不再为之惊叹,开始憧憬窗外的景色,然后,我又会离开那些住所。

(纳桑奈尔,我不知道该如何向你解释这种对新事物永无止境的渴望。表面看起来,我没有触碰或损坏任何东西,但是每每接触新事物,我都会产生无比强烈的感受,之后再见却不会加强这种感觉。因此,我常常回到曾经走过的城市,回到同样的地方,就是为了旧地重游,感受时光和季节的变换,这种变化在熟悉的地方最为敏感。当我住在阿尔及尔的时候,每天傍晚我都会去一家摩尔人开的咖啡馆,仔细观察难以觉察的变化——每一个夜晚,每一个生命——就这样,时光流逝,这一片小小的空间在悄然发生着改变。)

在罗马,我住在苹丘附近与街道齐平的房间,钉着栏杆的窗户让它看起来像一座监牢。卖花的姑娘隔着窗栏向我兜售玫瑰花,整个房间都飘满玫瑰的香气。在佛罗伦萨,我不用从桌边起身就能看到阿尔诺河上涨的黄色河水。在比斯克拉的露台上,在月亮的清辉下,梅丽雅在寂静的夜色中来到我身旁。她整个身体都裹在宽大的白色裙袍里。她刚一踏进玻璃门,便笑吟吟地看着我,任由长袍滑落在地。我在卧室里已经为她准备好了点心。在格拉纳达,我的卧室壁炉上,放烛台的位置摆着两个西瓜。在塞维利亚,我住的地方有座内院,那是浅色大理石铺就的院落,树影婆娑,水雾清新;院子里有潺潺流水,汇聚到院落中央的浅池里,在院子里的任何角落都能听见淙淙流水声。

一堵厚实的墙壁,既能抵挡北风,也能吸收南边的日照。一座活动的住所,可以云游四方的房子,能享受南方的温暖……纳桑奈尔,我们的卧室会是什么样子?它将是众多美好景色中的一处避难所。

*

我们再谈谈那些窗户吧。在那不勒斯的夜晚,我们在阳台上谈天说地,身边的女子身穿浅色的裙袍。半垂的帷幕将我们与舞厅喧闹的人群隔开。谈笑间,你一言我一语,做作得让人难受,没过多久便无话可说。这时,橙花浓重的香味从花园里升腾上来,夏夜的鸟儿婉转歌唱。在某些时刻,连这些鸟儿也沉默不语,这时我们便能听见海浪微弱的涛声。

阳台；紫藤萝和玫瑰盛开的花坛；暮色里的休憩；温热的空气。

（今晚狂风呼啸，拍打着我的窗户；我努力让自己喜欢这一切。）

*

纳桑奈尔，我想和你谈谈那些城市：

我曾见过沉睡中的士麦那，仿佛一个熟睡的小姑娘；那不勒斯就像放荡的浴女；宰格万像卡比尔族的牧羊人，在曙光里，脸颊被照得通红；阳光里的阿尔及尔因爱而颤抖，在夜晚，因爱而疯狂。

在北方，我曾见过月光下沉睡的村落，蓝黄相间的屋墙。村庄的周围是广袤的原野，农田里零散堆放着巨大的干草垛。我出门走进寂静无人的田野，又回到睡梦中的村庄。

城市，无数的城市。有时甚至不知道究竟是谁最早将城市建起。啊！东方的城市，南方的城市啊，平坦的屋顶上是白色的露台，每天夜里都有疯狂的女子在露台上做着美梦。声色犬马，纵情欢爱。从附近的小山上望去，广场上的路灯好似暗夜里的磷火。

东方的城市啊！燃情的欢庆！在被称作"圣人之路"

街的咖啡馆里，随处可见烟花女子，她们合着刺耳的音乐翩翩起舞，身穿白袍的阿拉伯人穿梭其中，还有孩子——在我看来还不懂什么是爱欲的男孩。

（有些男孩子的嘴唇比刚破壳的小鸟还要滚烫。）

北方的城市啊！码头，工场，浓烟遮天蔽日的城市。宏伟的建筑，旋转的高塔，壮观的拱门。街道上车水马龙，人群熙熙攘攘。雨后的沥青路面闪闪发亮。街道两旁的栗树无精打采，但永远有女人在等待着你。有时候，夜晚是那样撩人，只需一声最轻柔的呼唤，就能让我浑身酥软。

夜里十一点。收摊了，铁制百叶窗发出刺耳的声响。一片片城区。我在夜色中穿过孤独的街道，惊起路边的耗子飞快地窜回水沟里。透过地下室的气窗，可以看到赤裸上身的男人在揉面团做面包。

*

咖啡馆啊！在那里，我们的疯狂一直持续到深夜。美酒与言笑终于也陷入了沉沉梦乡。咖啡馆啊！有的咖啡馆里挂满了油画和镜子，装饰奢华，光顾的客人看起来都很优雅；而在某些小咖啡馆里，人们唱着滑稽的小调，跳舞的女人把衬裙高高掀起。

在意大利，到了夏天的夜晚，有些咖啡馆的露天座位一直摆到广场上，客人可以坐在那里，品尝美味的柠檬冰淇淋。在阿尔及利亚，有一家咖啡馆里可以吸大麻，我差点在那儿丢了性命。一年之后，那家咖啡馆便被警方关停，因为那里常来常往的都是些形迹可疑的人。

还有许许多多的咖啡馆……啊，摩尔人的咖啡馆啊！叙事诗人讲着长篇故事，在无数个夜晚吸引我前来，尽管语言不通我也还是听得津津有味……不过，在所有咖啡馆当中，位于德尔布门的那家小咖啡馆当之无愧是我的最爱，那是一座属于黄昏的静谧处所，土砖垒起的小屋，坐落在绿洲的边缘，不远处便是接天的沙漠。在这间小小的咖啡馆，白天越是烈日炎炎，夜晚就越宁静清凉。在我身旁，吹笛人忘情地吹奏着单调的乐曲。于是我就想起了它——设拉子的小咖啡馆，诗人哈菲兹曾经歌唱过的咖啡馆。哈菲兹，他沉醉在侍者的美酒和世间的爱情之中，流连在玫瑰盛放的露台上，沉默不语；哈菲兹，他在熟睡的侍者身旁等待着，在等待中写下一行行诗句，彻夜等待着天明。

（我真希望生在一个诗人只需简单列举事物的名字便足以歌颂万物的时代。那样的话，我就可以逐一赞颂每一样事物,用歌颂来揭示事物自身的价值,证明事物存在的充分理由。)

*

纳桑奈尔,我们还没有一起观察过树叶呢。树叶的千百道曲折纹路啊……

绿油油的树冠,像洞窟,叶片的缝隙间透出天光;大片树叶好像飘动的幕布,最柔和的微风也会使之轻轻晃动;树影婆娑,好像波浪起伏;树冠的边缘也像树叶一样呈锯齿状,枝干就像有弹性的支架;树冠轻轻摇曳,有的呈薄片状,有的呈蜂窝状……

树枝此起彼伏地摇动……每一根细枝的弹性都不相同,对风的抵抗力也不一样,风对每一根树枝施加的力量也都不一样……

咱们换个话题吧。

换成什么?

既然不是创作,就不用精心选择了……随便吧,纳桑奈尔,随便吧!

当所有的感官在一瞬间同时聚焦在一件事上,能够(不过也很难说)使生命本身的感受外化成对外界的感触和感知（反之也一样）。

我达到了这一境界，我占据了生命的洞府，五官感受着一切：

耳边听到的，是持续不断的流水声，松林间的风声渐强又减弱，蟋蟀时断时续的鸣叫，等等。

眼中看见的，是太阳映照在溪流上的粼粼波光，松树的摇曳风姿（看哪，一只小松鼠）……我的脚踏在这片青苔上便踩出一个坑，等等。

肌肤触碰的，是湿润的感觉，是青苔的柔软（哎哟！有根树枝刺痛了我！），是手掌覆盖额头的触感，额头贴在掌心的触感，等等。

鼻子闻到的，是……嘘！小松鼠过来了。

凡此种种凑在一起，汇聚成一个小包裹——这就是生命。这就是一切了吗？才不是呢！当然还有别的很多东西。

现在你是不是觉得，我只是各种感觉聚集在一起的产物？我的生活确实就是如此，但我本人不是。以后有机会我再和你谈谈我本人吧。今天就不说了，今天我并不打算歌唱《精神的不同形式》，也不打算歌唱《我最好的朋友们》和《因缘际会叙事曲》，在这首叙事曲中，会有这样的段落：

在科莫，在莱科，葡萄熟了。我登上矗立着古代城堡的高岗。山岗上弥漫着甜蜜的葡萄香气，甜得有些发腻，渗进鼻腔深处，浓重得像是味道而不是气味。但是这些葡萄吃起来并没有任何特别之处，只是我当时太渴太饿，几串葡萄就足以让我醉倒。

不过，在这首叙事曲中，我主要谈论的还是男人和女人。之所以没有将这首歌唱给你听，是因为我不想在这本书中塑造任何人物形象。正如你已经注意到的那样，这本书里没有任何一个人物。甚至连我自己也只是个幻影。纳桑奈尔，我就是灯塔的守护者，我就是林叩斯。漫漫长夜有多久，我就守护了多久。我在灯塔最高处呼唤你，曙光啊！多么灿烂也不为过的曙光！

我守护着对新生光明的希望，一直到黑夜结束；直到现在我也没有看见新的光明，但我始终期待着；我知道太阳将从哪一边升起。

毫无疑问，整个民族都在准备着。在灯塔的高处，我听见了街道上的喧哗声。太阳就要出来了！欢腾的人们已经在向着朝阳前进。

你如何看待黑夜？守卫，你如何看待黑夜？

我看着新的一代人崛起，看着旧的一代人日薄西山。我看见声势浩大的一代人蒸蒸日上，全副武装，欢乐就是他们的铠甲,他们就这样欢欣鼓舞地走向生活。

你在灯塔高处看见了什么?林叩斯,我的兄弟啊,你看见了什么?

可惜可叹啊!让另一位先知哭去吧,黑夜来了,白天也会来临。

他们的黑夜来了,我们的白昼也终将来临。困倦的人可以睡下了。林叩斯!现在走下你的灯塔吧。天亮了,到平原上来吧,近距离地观察每一样事物。来吧,林叩斯!靠近我。天亮了,我们相信,光明已经来临。

篇章七

沙漠清泉

倘若阿闵塔斯肤色黝黑。

维吉尔——

渡海,一八九五年二月。

从马赛出发。

狂风大作,空气绝佳。天热得比往年要早,桅杆轻轻摇晃。

波光粼粼的海面上装点着白色的浪花。海浪拍打着船身,眼前一派光明景象。心中回忆起每一次动身出发的过往。

渡海。

记不清有多少次……

在寂寥的大海上等待黎明。

我看见曙光来临，海面并未因此而平静。

鬓角满是汗水，

身体虚弱无力，

听天由命吧。

海上的夜，

狂暴的大海，

甲板上水花四溅，

螺旋桨嘎吱作响。

啊！焦灼的汗水！

倚在枕上，头痛欲裂……

那一夜，甲板上升起一轮满月，绝美。

然而我不在那里，什么也没看到。

等待浪潮。翻卷的银色水花。窒息。被海浪托起，又重重落下。我已了无生气。我是什么？一个软木塞，随波逐流，可怜的软木塞。

将浪潮遗忘在脑后吧。享受随波逐流的快意。我只是一件物品。

将近天明。

天色未明的清冷早晨，船员用木桶打来冰冷的海水擦洗甲板，然后通风晾干。我在船舱里，听着刷子刮擦木板的声音。剧烈的碰撞。我想打开舷窗。强劲的海风扑面而来，打在汗水淋漓的前额和两鬓。我又想关上舷窗……又一头栽回到床铺上。啊，靠岸之前的颠簸真是可怕！白色舱壁上交织映照着纷乱的影子。狭窄逼仄。

眼睛酸涩，什么都不想看……

我叼着麦管，吮吸加冰的柠檬汁……

在全新的土地上醒来，就像大病初愈。眼前是种种不曾梦见过的事物。

*

彻夜在大海的怀中摇摆，
清晨在沙滩上醒来。

阿尔及尔——
　　丘陵在平原边缘歇脚，
　　白昼在日落处偃旗息鼓。
　　水手从海滩扬帆出发，

我们的爱情在夜色中睡去……
黑夜笼罩大地,就像无边的港湾,
思绪,光影,忧伤的鸟雀,
都来到夜幕下休憩,躲避白昼的光明;
荆棘丛中,所有暗影都平静下来,
草场上水波不兴,
泉水边芳草丛生。

后来,从漫漫旅途归来之时,
海岸宁静,船舶归港。
我们看到浪迹天涯的飞鸟,
在风平浪静的水面安眠;
看见小船下锚系好缆绳。
夜色降临,
在我们头顶张开巨大的翅膀——
沉默和友谊的翅膀。
万物入眠的时刻来临了。

一八九五年三月。

卜利达!萨赫勒的鲜花!在冬日里黯然失色,到了春天便美不胜收。那是一个雨雾迷蒙的清晨,天色模糊,晦暗阴沉。满树鲜花盛开,香气飘荡在大街小巷。平静的水池里有喷泉吐水。远处的军营里隐约传来军号声。

这是另一座花园,荒木丛生,橄榄树下隐约可见白色清真寺的光芒。神圣的小树林啊,今天早晨我来到这里休憩,神思倦怠,身体也被爱情的焦灼炙烤得精疲力竭。藤萝啊,在那个冬天初见你的时候,我从未想到过,你竟会绽放如此绚丽的花朵。藤蔓上垂坠着沉甸甸的紫色花朵,一串一串,像悬吊的小香炉,花瓣飘散,落在小径金色的沙地上。流水淙淙,发出湿润的响动,水池边传来窸窸窣窣的水声。高大的橄榄树,洁白的绣线菊,花团锦簇的丁香,丛生的沙棘,团成灌木的玫瑰。独自来到这里回忆冬天,感觉无比厌倦,就连春天的美景也无法让你惊艳,心里甚至渴望景色再萧瑟一些。良辰美景向孤独的人微笑,仿佛一个邀请,只会激起心中潜藏的无数欲望,就像空寂小巷中忽然涌入卑躬屈膝的人群。平静的水池里,潺潺水声静静地响,衬托得周围越发寂静。

*

我知道该去哪座清泉边濯洗双眼。

神圣的树林,我认得去那儿的路,

浓密的树叶间，林中空地一片清凉。
等到夜里万籁俱寂，
我便要去向那里；
空气中的微风，
让我们渴望睡眠胜过渴望爱情；
冰凉的源泉，是黑夜落脚的地方，
封冻的冷水，是黎明初现的地方。
纯洁的源泉，
瑟瑟发抖，泛起白霜，
我是否该到晨光中去寻找？
当曙光初现的时候，
去寻找过去的滋味，
那时，我对所见一切都还满怀惊奇？
让我再回到泉水边，清洗灼热的眼睑。

给纳桑奈尔的信——

光明如潮涌浸没一切，持续的高温带来肉欲的迷醉。纳桑奈尔，你或许很难想象这是怎样的一种体验……橄榄树的树枝伸向天空，天边是起伏的丘陵；咖啡馆门前传来长笛吹奏的歌谣……阿尔及尔太过炎热，歌舞升平太过喧嚣，所以我想离开三五天；当我来到卜利达想躲个清静时，才发现这座城市早已橙花满枝。

每天清晨，我出门散步。什么都不细看，一切尽入眼帘。过去被我忽略的种种细微感受在我身上演绎成一场美妙绝伦的交响乐。时间静静流逝，激动的感觉也慢慢平息下来，就好像午后倾斜的阳光似乎移动得更慢一样。这时，我便会选择某个让我心潮澎湃的人或事物——必须是活动变幻的，因为我的感情一旦被固定的对象牵绊住便会失去活力。每一个新的瞬间，我都觉得自己还什么都没见识过，什么滋味都没品尝过。我欣喜若狂，毫无章法地追求那些飘忽不定的事物。

昨天，我跑到能俯瞰卜利达的小山丘最高处，只是想再多看一眼夕阳，看着太阳慢慢落山。在火红云霞的映照下，连白色的露台也熠熠生辉。我在无意间瞥见了树下静默的阴影。我在清朗月光下游荡。被明亮而温暖的空气包裹着，我可以慵懒地飘浮在其中。

我总是相信自己脚下的这条路就是我自己的路，我相信自己的选择绝不会错。我一向都保持着这样一种大而化之的信心，如果在神的面前宣誓，这种信心差不多就是人们通常所说的信仰了。

比斯克拉——

女人倚在门边等待,身后是直通楼上的扶梯。女人们坐在门口,神情严肃,装扮得宛如神像,头戴钱币串成的冠冕。入夜以后,这条街便活跃起来。楼上亮起灯光,女人背对灯光坐在楼梯口,仿佛坐在光明的神龛里,面孔隐没在阴影中,只能看见冠冕上的金币闪闪发亮。所有的女人似乎都等待着我,只等我一个人。要想上楼,只需向冠冕上添一枚小小的硬币。女人站起身来,随手将灯熄灭,引着客人走进狭小的房间,端上小杯咖啡招待客人,然后在低矮的沙发床上,与客人发生关系。

*

比斯克拉的花园——

亚特曼,你在信中写道:"我把羊群赶到棕榈树下,等待着您。您快回来吧!那时春意又会挂满枝头,我们将一起漫步,什么也不想……"

亚特曼,我的牧羊人,你不用再去棕榈树下等待了。我回来了。春意已经在枝头绽放,我们一起漫步,什么也不想。

比斯克拉的花园——

今天是阴天。金合欢香气弥漫，空气潮湿温热。厚重的雨滴大颗大颗地落下，仿佛在做慢动作，飘浮在空中，像是直接从空气中孕育而生……雨水落在树叶上，压得树叶弯下身子，然后缓缓滑过叶片，落到地上。

我还记得夏天的雨。那还算是雨吗？温热的水珠大颗大颗地坠落，重重地打在绿意盎然、姹紫嫣红的棕榈园中，花花草草和枝枝蔓蔓在雨水中纷纷落地，仿佛定情的花环被丢进水沟。雨水汇成的水流冲走了花粉，将它们带到远方去繁殖。水流浑浊发黄，呛得水池里的游鱼无法呼吸。靠近水面，能听到鲤鱼张口喘息的声音。

下雨之前，正午热风呼啸，烧灼感直入大地深处。现在，树冠下的小径热气蒸腾，金合欢垂下枝条，仿佛是为了荫蔽正在长凳上欢愉的人。这是一座寻欢作乐的花园，男人披着毛织衣裳，女人身穿纱袍，等着被这场大雨浇个湿透。他们坐在长凳上没有动，所有的欢声笑语都偃旗息鼓，每个人都静静听着暴雨的声音，盛夏时节转瞬即逝的骤雨将衣服淋得湿透，洗净裸露的身体。潮湿的空气，浓密的树荫，让我不由得和他们一起坐在长凳上，无法抗拒心中的爱恋。待到大雨过去，树木枝叶间的积水汇成涓涓细流。大家脱下脚上的便鞋，赤脚踩在湿润的泥土上，柔软的触觉会带来一种奇异的快感。

*

两个身穿白色羊毛衫的孩子带领我走进一座无人光顾的花园。长形的花园,尽头有一扇门。树木遮天蔽日,仿佛已经触碰到了低垂的天空。墙壁。笼罩在雨中的城市。天幕之下是远山。雨水汇成涓涓细流。树木在吸收养分。植物在雨雾下庄重地授粉。空气中暗香浮动。

水渠里落满树叶(混杂着花瓣)。那是被当地人叫作"灌溉渠"的人工河流,水流很慢。

加夫萨的泳池有种危险的魅力——阴影会迷住唱歌的人。现在,夜空清朗无云,几乎连雾气都没有,显得格外深邃。

(那孩子穿着阿拉伯人的白色羊毛衫,真美。他的名字叫亚祖,意思是"亲爱的人"。另一个孩子叫瓦尔迪,意思是他出生在玫瑰盛开的季节。)

清水温润如空气,
我们尽情啜饮。

深色的水面隐没在夜色里,在黑暗中看不真切——直到银色的月光倒映在水面上。

月亮从树叶的缝隙间透出来，让昼伏夜出的走兽躁动不安。

*

比斯克拉，清晨。
曙光初现。出发，忘乎所以地冲进焕然一新的空气里。
夹竹桃树的一根树枝，在寒意料峭的清晨瑟瑟发抖。

比斯克拉，傍晚——

这棵树上有鸟儿在歌唱。它们的歌唱，比我印象中的鸟鸣声激越得多。我们看不到那些鸟儿，因此觉得是树木自己在呐喊——抖擞着每一片树叶在呐喊。我心想：这样的激情太过强烈了，它们会因此而死的，可是今晚它们究竟怎么了？难道它们一点儿也不知道，这一夜之后，清晨还会再次来临吗？它们是害怕一闭上眼就会永远沉睡吗？它们是想要在一夜之间耗尽一生的热情吗？然后再安然睡去，陷入永无止境的黑夜？暮春时节的短暂夜晚啊！当夏日的曙光将鸟儿唤醒时，它们又会无比欢快。对前夜睡眠的模糊印象会让它们在今夜入睡时不再那么畏惧死亡。

比斯克拉，入夜——

树丛寂静无声。周边的沙漠里回响着蟋蟀的情歌。

*

舍特马——

白日渐长。光影在天地间散逸。无花果树的叶子一天天舒展长大，揪一片树叶，手上还有余香，叶片茎秆会渗出泪滴一样的乳白色液体。

暑气重回大地。看哪，我的羊群回来了！我听见了我亲爱的牧羊人吹奏的笛声。他就要出现了吗？或者我将要看见的，其实是另一个自己？

时间慢慢流逝，留下痕迹。去年结的石榴还挂在枝头，已经干缩起皱。果皮裂开，变得坚硬。现如今，同一根树枝已经再次长满花蕾。斑鸠在棕榈叶间穿梭。草场上野蜂飞舞。

（我还记得在恩菲达附近有一口井，美丽的女人们在井边打水。不远处是一道灰色和玫瑰色交织的悬崖，据说悬崖顶上是蜜蜂的巢穴。是的，成群的蜜蜂聚集在那里嗡嗡作响，在峭壁上筑建蜂巢。夏天一到，蜂巢在骄阳的炙烤下渗出蜂蜜,顺着岩壁流淌下来。恩菲达的居民们纷纷前去收集蜂蜜。)

来吧,我的牧羊人!

(我咀嚼着无花果的叶子。)

夏天!阳光宛如金色刀片,无处不在,强烈的光线气势恢宏。爱情仿佛不受控制,泛滥潮涌。谁想尝尝蜂蜜的滋味?浸透蜂蜜的蜂蜡已经融化。

那天我见到的最美的景象,是一群回圈的绵羊。小巧的羊蹄在地面蹬踏,发出骤雨击打地面般的声响。在沙漠的夕照下,归圈的羊群掀起阵阵沙尘。

绿洲啊,就像是沙海中漂浮的岛屿。棕榈树绿意盎然,让人不禁想象着,它们的根系正畅饮着泉水。有些绿洲泉水丰沛,水边的夹竹桃树冠向水面倾斜。那一天早上十点左右,我们抵达了绿洲,当时我不愿再向前多走一步。园中鲜花如此魅人,我再也不想离开——这片绿洲!

(艾赫迈德告诉我,下一片绿洲比这里还要美。)

*

绿洲。下一片绿洲还要更美,鲜花盛开,树叶簌簌作响。泉水更加丰沛,水边的树木更加高大。正午时分,我们泡在水里。之后还是要离开。

*

绿洲。对于再下一片绿洲,还有什么可说的?它更美。我们在那里,等待夜幕降临。

不过我还是要说,傍晚时分的花园是那样的静谧宜人。花园啊!有的花园宛如出水芙蓉;有的花园只是平庸的果园,杏子熟了又落;还有的花园繁花似锦,蜜蜂在花间穿行,空气里弥漫着馥郁的香气,浓烈得好像可以咬一口,它们像甜酒一样让我们如痴如醉。

第二天,我心所恋的,就只有沙漠了。

乌马什——

正午时分,我们走进这片沙石丛生的荒漠。眼前这座村庄在滚滚热浪中消磨尽所有的精力,完全没有预料到我们的到来。棕榈树挺得笔直。老人坐在门洞的阴影里闲聊。男人昏昏欲睡。孩子在学堂里聒噪。没有看到女人的踪影。

村里的土路,在白天看起来呈玫瑰色,日落时分则是紫罗兰色。午间沉寂如荒漠的村子,入夜之后便活跃起来。咖啡馆里挤满了人，孩子们放学回家，老人依然坐在门槛上闲聊。天色暗了，女人们走上露台，摘下面纱，露出鲜花般的面孔，幽幽地讲述自己的烦恼和忧愁。

阿尔及尔的这条街，一到中午便充满了茴香和苦艾的气味。比斯克拉的摩尔咖啡馆里只提供咖啡、柠檬水和茶。阿拉伯茶里有胡椒和姜粉，口味辛辣，这样的饮品让人想起那个无比遥远而极端的东方世界，它寡淡无味，难以下咽，我根本不可能喝完一整杯。

图古尔特的广场上有贩卖香料的小贩，我们在那儿买过各种各样的树脂，拿到鼻下嗅闻，放进嘴里咀嚼。有的树脂可以点燃，这样的树脂经常呈小圆片形状。熔化，燃烧，释放出浓烈刺鼻的烟气，仔细分辨才能觉察其中还混有一丝细微的芳香；树脂燃烧的烟气能够营造出令人恍惚迷醉的宗教氛围，清真寺举办仪式的时候，焚烧的就是这种树脂。

有的树脂，放进嘴里咀嚼，口腔里会立刻充满苦涩的味道，树脂粘在牙上，感觉很不舒服，就算吐掉，那股味道也会持续很久。而有的树脂就只有树脂的气味。

在特马西宁的穆斯林修士家吃饭，饭后奉上的甜点是香料蛋糕。蛋糕上装饰着金色、灰色和玫瑰色的叶子，好像是用面包屑捏成的。蛋糕咬一口就粉碎，好像咬了一嘴沙子，不过我觉得这样也别有风味。蛋糕有玫瑰味的，有石榴味的，有的却好像已经完全风干走味了。这样的筵席根本不可能让人醉倒，除非抽烟抽到迷醉。菜多得令人生厌，每上一道菜，席间的话题也随之转变。用餐完毕后，一个黑奴提着水壶，倒出加了香料的水让客人清洗手指，下面用浅盆接着。在那片地方，女人在做爱之后，也这样为男人清洗身体。

图古尔特——

阿拉伯人在广场上搭起帐篷，燃起熊熊篝火，夜色里几乎看不见升腾的烟雾。

沙漠里的商队啊！在暮色中抵达，在黎明时出发。筋疲力尽的商队啊，醉心于海市蜃楼的幻景，最终，所有希望全都破灭！沙漠里的商队啊！若是能和你们一起出发该多好啊！

有的商队启程前往东方，寻找檀香、珍珠、巴格达的蜂蜜蛋糕、象牙和刺绣。

有的商队启程前往南方，寻找琥珀、麝香、金沙和鸵鸟的羽毛。

有的商队启程前往西方，日暮时分出发，在落日耀眼的余晖里消失不见。

我见过归来的商队，满载而归，疲惫不堪。骆驼卧在广场上，终于可以卸下身上的重担。厚实的帆布袋里，不知道装的是什么样的货物。有些骆驼驮着轿子，轿子里载着女人。还有些骆驼驮着夜里宿营用的帐篷。在无垠的沙漠里，车马劳顿也显得无与伦比，波澜壮阔！广场上燃起篝火，人们开始准备晚餐。

*

啊，不知有多少次，我在黎明时起身，东方的天空被朝霞映红，比神的圣光更加璀璨辉煌！不知有多少次，在绿洲边上，我看到最后几棵棕榈树枯萎变黄，生命再也无法战胜沙漠！不知有多少次，我向你——被光明和酷热吞没的广袤平原——释放自己的欲望，就像俯身靠近灿烂辉煌得让人无法直视的光源……需要多么忘乎所以的迷醉，多么暴戾而炽热的爱恋，才能征服沙漠的欲火？

废土，没有仁心也没有柔情的土地，满怀激情与狂热的土地，预言者热爱的土地。

啊！充满痛苦的沙漠，充满荣耀的沙漠，我曾如此疯狂地爱过你。

我曾见过海市蜃楼中的盐湖，白茫茫的盐壳看起来好像明亮的水面。盐湖像大海一样蓝。我知道,那是蔚蓝天空在盐湖上的倒影。但为什么会有灯心草丛,更远处还矗立着倾颓的页岩峭壁?为什么能看见漂浮的小船,更远处还有宫殿的虚影?所有这些扭曲的景象都悬浮在虚幻的深潭上。

(盐湖边的气味令人作呕,泥灰土混杂着盐壳,被太阳烤得滚烫,感觉糟透了。)

我曾见过阿马尔卡度山在熹微晨光中被染成玫瑰色,仿佛整座山都在燃烧。

我见过大风卷起地平线尽头的滚滚沙尘。绿洲在风沙中喘息着,颤抖着,恰似一条迷失在风暴中的航船,被狂风掀了个底朝天。在小村庄的街道上,瘦骨嶙峋的男人赤裸着身体,被难以忍受的焦渴折磨得缩成一团。

我见过废弃的道路,路旁散落着白森森的骆驼骸骨——骆驼疲倦到无法再拉车的时候,就会被沙漠商队抛弃,在路边静静腐烂,爬满苍蝇,散发出骇人的恶臭。

某些夜晚,除了昆虫尖锐的嘶叫,再没有别的歌唱。

我还想谈谈荒漠:

长满羽毛草的荒漠,里面藏满了游蛇。绿意盎然的原野,在风中碧波荡漾。

荒芜的石原,寸草不生,页岩闪闪发亮,虎甲拍打着翅膀在空中飞舞,灯心草枯萎,在阳光里噼啪作响。

黏土质的荒漠。在这里,只要有一点流水,一切都有可能存活。一场雨过后,整片荒漠都会变成绿色。过度干旱的土地似乎已经习惯于不苟言笑,反而让这里的青草显得比别处更加柔嫩清香。野草匆忙地开花,急着释放生命的芬芳,生怕在结果之前被烈日晒得凋谢。野草的爱情是疲于奔命的。太阳又出来了,土地龟裂风化,失去所有水分。大地被撕开裂口,大雨滂沱的时候,雨水灌满裂口,形成水沟。然而大地无法留住水分,荒漠依旧贫瘠得万念俱灰。

沙漠。流沙好似海浪,沙丘不断移动,仿佛一座座金字塔,指引着跋涉的商队。登上一座沙丘,在最高处,才能望见天尽头另一座沙丘的尖顶。

刮风的时候,沙漠中的商队就会停下。赶骆驼的人借骆驼躲避风沙。

*

沙漠,生命寂灭,除了呼啸的风声和滚滚热浪之外,什么也没有。阴影里的沙子像天鹅绒一样光滑柔软,夕阳下,仿佛在熊熊燃烧,到了清晨又化为灰烬。沙丘之间有白色的谷地，我们骑马穿过那里。流动的沙子抹去了我们的足迹。我们十分疲惫，每到一处新的沙丘，都觉得自己再也无法翻越任何沙丘了。

沙漠啊，我原本应该满怀激情地热爱着你。一沙一世界，一粒小小沙尘中蕴藏着整个宇宙的奥秘！沙尘啊，你还记得什么样的生命？你还记得多少风化的爱情？尘埃也希望有人为它唱颂歌。

我亲爱的人啊，你在漫天黄沙里看到了什么？

看到累累白骨，还有空空如也的贝壳。

一天早晨，我们来到一处高高的沙丘旁，在阴影里躲避太阳。我们坐在那里，阴影里还算凉快，灯心草自在生长。

但是关于黑夜，黑夜啊，我还能说什么呢？

黑夜是一场缓慢的航行。

波浪没有沙丘那么蓝，却比天空更明亮。

我熟悉这样的夜晚，每一颗星辰在我眼中都格外美丽。

扫罗王[1]，你在沙漠中寻找失散的驴子，没有寻到驴子，却找到了你不曾期待的王国。

1.扫罗王：《圣经》中的人物，传说是以色列的第一位国王。

在身上饲喂寄生虫,自有一番乐趣。

对我们来说,生活的滋味野蛮而迅疾。

我希望人间的幸福,宛如坟墓上盛开的繁花。

篇章八

无眠之夜

我们的行动从属于我们本身,就像磷光来自磷。诚然,行动消耗着我们,但也让我们焕发出自身的光彩。

我的精神啊,在那些传奇般的旅途中,你曾经异乎寻常地亢奋。
我的心灵啊,我曾让你尽情痛饮解渴。
我的肉体啊,我让你在爱情中陶醉迷狂。

如今,我终于消停下来,现在再来清点自己的财产已经没有任何意义。我已经一文不名。
有时,我试图在过去的岁月中寻找某些记忆的片段,并串联起一段历史,回忆一段往事。尽管我的生命里充满了记忆,我却认不出回忆中的自己。我仿佛只能活在不断更新的当下这一瞬间。别人所说的"反躬自省",对我而言是一种无法想象的束缚。"孤独"这个词语对我不再有意义:我自己一个人的时候,不再是任何人,但也可以是任何一个人。无论身在何处,我都觉得悠然自在,只是欲望始终驱使着我前往更远的远方。回忆再美好,在我眼里也只不过是旧日幸福的残骸。最微不足道的一小滴水,哪怕只是一颗泪珠,一旦润湿了我的手掌,对我来说便是一种弥足珍贵的真实存在。

*

梅纳克,我在想念着你!

你告诉我,你那艘沾染了浪尖泡沫的舰船,又要扬帆驶向哪一片海?

梅纳克,你还会回来吗?依然带着那副骄纵恣肆的神情,因为再次点燃了我的欲望而沾沾自喜?如果我现在停下来休息,我不会像你那样富足……

不,是你教会我,永远不要停下脚步。

难道这样漂泊游荡的生活还没有让你厌倦吗?至于我,有时我会因为痛苦而尖叫,但我从未对任何事物感到过厌倦。

当我的身体感到疲惫时，我总会责怪自己太软弱，我的欲望还期待我能更加强健。

当然，如果说今时今日，我还有什么后悔的事，那就是错过了爱神赐予我们的果实，没有好好咬上一口就任它腐烂变质，离我们远去了。

《福音书》中讲道：今日被夺去的，来日将百倍返回……唉！如果超出了欲望能够承受的范围，获得再多的财富又有什么用呢？

我已经品尝到了如此强烈的快感，再多一点便会让我麻木得失去感觉。

*

远处的人们说我以苦行赎罪，
但是忏悔对我有什么意义？
——萨迪

诚然，我的青春阴暗无光，
我为此而忏悔；
我尝不出泥土里盐花的滋味，
也感觉不到海水的苦咸；

我以为自己就是地上的盐,
也害怕失去自己的咸味。

海中的盐永远不会失去咸味,只是我自己唇舌衰朽,失去了味觉。唉!我真该趁着灵魂还对一切事物有着热切渴望的时候尽情呼吸海边咸湿的空气。现如今,还有什么样的美酒能让我醉意飘然呢?

纳桑奈尔!在你的灵魂还有欲求的时候,就尽情享受其中的乐趣吧!去满足你对爱情的渴求吧,趁你的双唇还鲜妍丰润,趁你的拥抱还能让人感到愉悦欢欣。

因为总有一天你也会说:那些果实曾经就在那里,沉甸甸地压弯了枝头;我的嘴唇就在那里,饱含着欲望;但我始终没能开口,始终没有张开怀抱,因为我双手合十在祈祷;我的灵魂和肉体始终饥渴,饥渴得几欲绝望。时光,就这样令人绝望地一去不返。

(是真的吗?书拉密女,这是真的吗?你曾经等待着我,而我却浑然不知?
你曾经来找过我,而我却没听见你靠近的脚步声。)

青春啊!人只能拥有一次青春,然后用一生的时光来回忆它。

（欢愉轻轻叩响我的房门，我心中的欲望应声而起；我双膝跪地，没有开门。）

流水还会灌溉许多田野，滋润许多人干渴的嘴唇。但是关于流水，我还能学到什么呢？流水对于我的意义，难道不就在于它奔流而过时的鲜活吗？水一流过，清凉又变成灼热。我的种种欢愉啊，你们也像流水一般匆匆而过。真希望流水时时崭新，永远鲜活清凉。

江河的活水不会枯竭，奔涌的溪流永不干涸，它们不是被拘禁在容器里，被我掬来洗一洗手，弄脏了就泼掉的水。被拘禁在容器里的水啊，就像人类的智慧。人类的智慧啊，你没有江河湖海那种永不枯竭的鲜活生命力。

失眠。
等待。等待；狂热；小径上的青春年华……
对于别人称之为"罪过"的一切，我都心怀强烈的渴望。

一条狗对着月亮哀嚎

一只猫像婴儿一样啼叫
城市终于品尝到了一丝宁静
第二天,所有的一切
又将重现生机

  我还记得在小径上度过的时光,赤脚踩在石板路上。我记得在阳台上,额头倚靠着被夜露打湿的铁栏杆。月光下,我的身体仿佛一枚等待采撷的美丽果实。等待啊!我们在等待中容颜憔悴……过度成熟的果实啊!我们只有在被焦渴炙烤得痛不欲生,再也无法忍受煎熬的时候才会吃下那样的果实。腐败的水果啊,你们让我的口腔里充满恶臭,让我的灵魂痛苦不堪。有人趁着年轻,咬下无花果还带着酸味的果肉,吮吸清香的乳白色汁液,这样迫不及待的人真是幸运啊。吃完果子,又精神抖擞地上路——去度过漫长而痛苦的日子。

  (诚然,为了不过分关注神明,我已竭尽所能。只有不断消耗自己的感知力,才能转移对神明的注意。我的灵魂全心全意地关注着神明,不分昼夜,千方百计地沉迷于复杂的祈祷,在激越的热情中将自己一点一点消耗殆尽。)

  今天清晨,我从哪座坟墓里脱身?

（海鸟落在水面上，尽情舒展着羽翼。）

纳桑奈尔，对我而言，生命的意象就是：滋味浓郁的果实落在充满渴望的嘴唇上。

*

有些夜晚，我们无法入睡。

有时，我在漫漫长夜中久久地等待——很多时候根本不知道自己在等待什么。躺在床上辗转反侧，徒劳地期待着睡眠，四肢乏力，仿佛被爱欲啃过的骨头。有时，我试着在肉欲的愉悦之外，寻求另一种更隐秘的快感。

喝酒的时候，越喝越多，越喝越渴。到最后，这种干渴变得那样猛烈，我不禁为自己的欲望失声痛哭。

我的感官已经被打磨得几近透明。黎明，当我走向城市的时候，天空的蔚蓝直接穿透了我的身体。

嘴唇上薄薄的皮肤被撕裂，牙齿疼到极点——齿尖似乎都已磨损。太阳穴凹陷下去，仿佛头颅内空空如也。洋葱田里开花的气味，哪怕一丝丝都会让我作呕。

失眠。

我们听到夜深处传来号啕哭声。哭声啊，这就是散发着恶臭的花朵结出的果实,甜美甘醇。从此,我将在大街上漫步,心怀难以名状的烦闷和欲望。你那遮风挡雨的卧房让我透不过气,你的床榻再也满足不了我。

再也别想为你永无止境的游荡寻找任何借口。

干渴是如此焦灼,以至于我已经喝下整整一杯水之后才发现,天哪,它的味道实在令人恶心。

书拉密女啊!你之于我,就像生长在窄小封闭的花园里,在阴影中成熟的果实。

唉!我心想,人就是这样,在对睡眠的渴望和对快感的渴望之间耗尽了力气。在经历了难以想象的压力和全神贯注的激情之后,肉体颓然倒下,只想好好睡一觉——睡眠啊!唉,真希望我们不要再被突然袭来的欲望唤醒,又被欲望驱使着奔向生活。

人性就像个病人,在床上翻来覆去,想要减轻痛苦。

在数周的辛勤劳作之后,终于可以永远休息了。

人死了,身上还裹着衣裳做什么!

(凡事从简。)

我们将会死去——就像平时脱去衣服准备睡觉一样。

梅纳克！梅纳克啊，我想念着你！

我已经说过了，是的，我知道，但是那又有什么关系呢？在这里，那里，我们都一样自在。

现在，天边，夜幕降临……

唉，假如时光能够倒流，回溯到最初的源头，该有多好啊！假如过去能够重来该多好！纳桑奈尔，我真想带你回到我少年时那些充满柔情蜜意的岁月，那时的生活真的像蜜糖一样甜。品尝了那么多的幸福滋味，灵魂最终能否获得安慰？我曾经在那里，在那些花园中，是我而不是别人；我听着芦苇丛中的歌唱，呼吸着花朵的芬芳，端详又爱抚着那个孩子——毫无疑问，这些欢愉中的每一种都会带来新的春天——但是我呢，我怎么才能重新变回当初的那个自己呢？

（此时此刻，城市的所有屋顶都笼罩在雨幕中；我的房间孤零零的。）

这个时间，正是洛西夫的畜群归圈的时候，它们从山上回来了。落日下，整片沙漠金光闪闪。

夜里很宁静……

六月的夜晚，巴黎。

亚特曼，我想念着你。比斯克拉，我想着你的棕榈树。图古尔特，我想着你的沙漠……绿洲啊，沙漠里是不是还在刮着强劲干燥的狂风，吹得棕榈树沙沙作响？在热浪中爆开的石榴啊，你是不是还像从前那样，任由酸涩的果粒落在地上？

舍特马，我记得你那清澈的河流，还有一靠近就让人出汗的温泉。

坎塔拉，拥有金色大桥的城市，我记得你人声鼎沸的清晨和纵情狂欢的夜晚。

宰格万，我记得你的无花果和夹竹桃。

凯鲁万，我记得你那里的仙人掌。

苏塞，我记得你的橄榄树。

乌马什，我在梦境中看到你那里的倾颓荒野、坍塌的城池、陷入沼泽的断壁残垣。

还有你，毫无生机的德罗赫，苍鹰环伺，沟壑纵横，一派荒蛮险恶的景象。

高岗上的舍加小镇，你是否仍在凝望着沙漠？

姆赖耶沙漠，你是否还将纤弱的柽柳浸没在盐湖中？

麦加林纳，你是否已经浸透在盐水中？

特马西宁，你是否还在阳光下一天天枯萎？

我记得恩菲达附近有一块寸草不生的峭壁，在春天里流下蜂蜜；峭壁旁边有一口井，美丽的妇人在井边汲水，几乎半裸着身子。

亚特曼的小屋，摇摇欲坠的小屋，你是否还在原地，在清朗的月光里静静伫立？

你的母亲曾在那里织布；你的姐妹，阿穆尔的妻子，曾经唱起歌谣，讲着故事。

晦暗昏沉的河水边，一窝斑鸠在夜色里低声啁啾。

欲望！有多少个夜晚，我聚精会神地想着自己的梦，想得睡意全无！啊！如果梦境是夜雾，是棕榈树下的笛声，是小径深处的白色衣袍，抑或是强烈光线下的温柔阴影……那我愿意走进梦境，不再回来。

陶土做的小油灯啊！夜晚的风吹得火光瑟瑟发抖。窗户消失了，窗洞外是朗朗星空。屋顶上的黑夜万籁俱寂。唯有月光。

有时，在人迹全无的街道深处，传来公共马车或汽车驶过的声响。在更远处，火车鸣响汽笛，如逃亡一般疾驰离去——离开等待苏醒的巨大城市……

阳台的影子映在卧室天花板上，灯影在空白的书页上摇曳。

呼吸声。

此刻，月亮躲在云朵后面，我面前的这座花园好像一池碧水……啜泣声，紧闭的双唇，过于强烈的信念，思想的痛苦。我该说些什么？都是真切的事物。

他人！别人的生活也很重要。

颂歌

不是结语的结语

献给M.A.G.

她将目光转向初升的星辰。她说:

"我知道所有星星的名字。每颗星星都有好几个名字,每颗星星也都有不同的力量。在我们看来,星辰的移动是那么宁静,其实它们在飞快地运动,快得几乎要燃烧起来。它们的运行是那样迅疾,光彩夺目,都是因为它们内心燃烧着灼热的欲望。内心隐秘的渴求推动着它们,指引着它们;美妙的热情炙烤着它们,消耗着它们。正是因为这样,它们才如此耀眼辉煌。

"每一颗星辰都相互依存,在引力的作用下彼此联结,每一颗星星都依附于其他星星,也依附于所有的星星。每颗星辰都有既定的轨迹,每一颗都能找到自己的轨道。如果某一颗星星改变自己的路线,势必会牵连其他星星脱离自己的轨道,所有的星星都会相互影响。每颗星星选择的路,都是它应当遵循的那道轨迹;不仅应当遵循,它们也愿意遵循。它们的路,在我们眼中好像是命中注定的,但对它们而言,是它们最喜欢的一条路,是它们心之所属的轨道。炫目的爱指引着它们。它们的选择为我们制定了法则,我们必须遵从这些法则,无法摆脱。"

尾声

纳桑奈尔,现在丢掉我的书吧。从书里解脱出来吧。离开我。离开我吧。

现在,你开始让我厌烦了,你成了我的累赘,我对你的爱耗费了我太多的精力。我厌倦了自己这副佯装教书育人的模样。我何时说过希望你变成和我一样的人?——正是因为你与我不同,我才会爱你;我爱的只是你身上与我不同的那一部分。教育!除了我自己,我还能教育谁?纳桑奈尔,你知道吗?我曾没完没了地教育我自己。我还会继续下去。我从来都只依据自己能够做到的事来评价自己。

纳桑奈尔,丢掉我的书吧,千万不要在这本书中寻找满足感。不要相信有人能够为你找到你所希冀的真理,如果你有这样的念头,那真是奇耻大辱。如果我为你准备好食物,你就不会再有胃口;如果我替你铺好床褥,你反而不会再有睡意。

丢掉我的书吧。你得告诉自己,生活有千百种可能,这本书仅仅描述了其中一种。你要去寻找自己的生活。如果一件事别人能和你做得一样好,那你就别做了;如果一件事别人能和你说得一样好,那你就别说了;如果一件事别人能和你写得一样好,那你就别写了。

你只需要专注于非你不可的事物,然后迫不及待地,耐心地,将自己塑造成天地万物中那个不可取代的人。

(全书完)

安德烈·纪德
1869 ——1951

法国作家,1947年获诺贝尔文学奖

代表作品
《人间食粮》《背德者》《伪币制造者》
《如果种子不死》《刚果之行》《乍得归来》

陈阳

独立译者
北京语言大学高级翻译学院翻译硕士
曾留学法国诺曼底卡昂大学学习法国文学专业

已出版译著
《社会契约论》《密室推理讲座》
《一个孤独漫步者的遐想》

人间食粮

作者 _ [法] 安德烈·纪德　　译者 _ 陈阳

产品经理 _ 罗李彤　　装帧设计 _ 尚燕平
产品总监 _ 李佳婕　　技术编辑 _ 白咏明
责任印制 _ 杨景依　　出品人 _ 许文婷

营销团队 _ 王维思 谢蕴琦

鸣谢

周延

果麦
www.guomai.cn

以 微 小 的 力 量 推 动 文 明

图书在版编目（CIP）数据

人间食粮/(法)安德烈·纪德著;陈阳译.
2版. -- 昆明：云南人民出版社, 2025.1（2025.4重印）. -- ISBN 978-7-222-22867-2

Ⅰ. I565.65
中国国家版本馆CIP数据核字第20248EL604号

责任编辑：李　睿
责任校对：刘　娟
责任印制：李寒东

人间食粮
RENJIAN SHILIANG
[法]安德烈·纪德　著　　陈阳　译

出版	云南人民出版社
发行	云南人民出版社
社址	昆明市环城西路609号
邮编	650034
网址	www.ynpph.com.cn
E-mail	ynrms@sina.com
开本	770mm×1092mm　1/32
印张	6.5
印数	13,001-18,000
字数	120千
版次	2025年3月第2版　2025年4月第3次印刷
印刷	北京世纪恒宇印刷有限公司
书号	ISBN 978-7-222-22867-2
定价	39.80元

版权所有 侵权必究
如发现印装质量问题,影响阅读,请联系021-64386496调换。